白 日 梦

张书林 著

成都时代出版社

世上哪有诗意隐遁这回事,世人皆苦,逃无所逃,遁无所遁。如果想要体面,再优美的月光城,也是你我的修罗战场。

目录

1 　第一回　　小裁缝

　　　　3　　名叫后的房东
　　　　15　　吐出一条黄龙
　　　　20　　情和义，值千金
　　　　24　　你就是花
　　　　31　　甜雾
　　　　41　　最好的时光

51　第二回　　罗不不

　　　　53　　放鹰才是世界上最好的乐子
　　　　59　　河边的故事
　　　　66　　罗不不
　　　　70　　核桃园的一个下午
　　　　75　　她想搞身份歧视

83　第三回　皮日休

85　我是个艺术家
93　小偷公司
103　胡老板不解风情
111　凤华食品店
119　打到他搬家
126　皮日休的白日梦

133　第四回　蚂蚱先生

135　月光城
143　一只老蝙蝠
151　朝生暮死
159　我是亨利呀
162　歌声献给离离姑娘
167　木美玉的遗世孤独
172　诈尸
177　哥哥
185　三十三年明月夜

187　　第五回　　春香

　　189　　我想吃豆腐
　　193　　梨花去了天涯
　　199　　五角吃饱
　　204　　喊火车
　　208　　树上的春香
　　214　　吃人要有执照

217　　第六回　　梨花

　　219　　塑料玫瑰花
　　223　　老子就是江湖
　　232　　龙二爷
　　242　　雪停了就走
　　248　　举起手来
　　256　　护城河上听秋雨
　　266　　讲故事的人

271　第七回　珍宝岛

　　273　你是要左眼还是要右眼？
　　281　卖海棠果的老头
　　286　世上搞钱就没有斯文这回事
　　290　离散

291　创作谈

　　293　故事中的来历不明——张书林

第一回

小裁缝

靠讲故事活下来的人身上会有一种特别的味道，是四月天树林中的蘑菇，散发诱人的甜腥，混合了梅子酒的气味，在春天里发酵。那些有意思的人后来都消散了，渗入时间的缝隙。

名叫后的房东

很久以前,当夜黄城还是夜黄镇的时候,凤起街的裁缝养过一只虎纹花狸猫,名叫小裁缝,虎头虎脑,一身虎纹小皮草,四蹄踏雪,走起路来小身子一扭一扭,肉浪滚滚而来,又滚滚而去,如长江之水。冬季它爱眯眼睡在仓库堆积如山的布料堆里,屁股上像糊了502胶水,打也打不走。春天里它最爱睡在屋顶上,眯着眼儿让三月的小风吹着,一动不动趴在瓦片上面,让人以为它死了。这小家伙弹跳力还惊人,跳桌跳树跳墙均不在话下。受惊的时候,胖尾巴竖成一根旗杆,呼啦啦朝人扑过来,却在快贴上人鼻子的时候一个急刹车定住。小裁缝生得一脸富态,全然不似它主人的清淡凉寡,牙口好,胃口也好,一顿饭能吃一只三两重的老鼠。有一回夜里捣了墙脚一个老鼠窝,趁着薄秋乍寒,一口气吃了人家母子三口,盐巴都不放,吧唧吧唧,吧唧吧唧,嚼得那叫一个香啊。

作为小裁缝的主人裁缝则差矣,她遇到毛呢男人的那一年正值35岁,早年高中毕业后找不到好的工作,就去省城学了半年裁剪，从此便以缝制衣服为生。家里曾经给她订过一门亲事，男方是住在七一街23号的何是光，她母亲闺蜜的儿子。可惜他俩从小就两看相厌，直到有一天那个倒霉的家伙的腿瘸了，娃娃亲总算有了解除的理由。她生得干瘦清冷，牙不好，胃也不好，吃饭数米——这是她的房东大婶后的说法：人家一碗饭吃下来，一杯茶的工夫，你吃一碗饭都能把米数清楚了，一粒、一粒、一粒地吃，天！后吐出"天"这个字眼，必定是要配一个惊骇表情，两眼朝上瞪着，好像白日见了鬼。自从有一回去裁缝铺子里收租金撞见裁缝正在吃饭，一粒一粒地往嘴里扒拉着，动作单调，缓慢得像挑衅，眼皮也不抬起来瞅一瞅房东后，后深受刺激，唠叨了很久。

"你说说，这都什么人啦，人古怪，缝的衣裳也古怪，天晓得能不能卖掉哇，她要喝风屙烟呀，这个样子好不正常，能挣到钱吗？肯定不能！我都替她愁死了，应该学学人家皮日休，衣服好看又好卖。"后每回对人讲完对租客的观感，必定是要在结尾处补上自己的忧思，连比带画，手指在空中挥舞，着急得很。然而一年两年三年五年过去了，裁缝铺子始终没有倒闭，还有愈来愈红火之势。后美美地收着租金，年年去涨一回钱，先前签署的合同等于废纸。

哎呀，裁缝的脑袋坏掉啦。

后就是这么认为的。为什么坏掉了呢？你看，裁缝一生没出过几次远门,穿得却比大城市来的人还不老实,走到哪儿都是一身粗糙的麻布灰袍子,从头罩到脚,像一只大麻布口袋,自脖子处挖了个洞,脑袋勉强钻出来,胳膊从左右两侧的窟窿里钻出来。整个人打扮得像一个稻草人,别有意味,又莫名其妙。冬天粗呢绒麻布袋子,春天铜氨丝麻布袋子,夏季薄亚麻麻布袋子,秋季混纺棉布麻布袋子。咱们本地人有这么穿的吗?没有,咱们本地人是正经人。按理只能是皮日休这样不正经的外地女人才会穿得像个疯婆子。皮日休以为自己是个艺术家,其实也是个裁缝,她从大城市来,铺子开在同一条街。与裁缝不同的是,一个爱把衣裳做得绚烂多彩,一个爱把衣裳做得颓败破旧。同行是冤家,二人彼此互不搭理,不是你死,就是我活。

裁缝个子不高,却偏生要这么打扮,鬼才知道她心里怎么想的。生得也不美,头发稀薄地浮在脑袋上,四方脸,还耷拉着腮,活像别人欠她钱不还;两眼无神,且分得太开,总觉得一不小心就生到脑袋两侧去了。

啧啧,一直没结婚。

十八岁开裁缝铺子度日,到了三十五岁还没嫁掉,街坊对她的称谓从"小裁缝"到"裁缝"一路变迁过来,裁缝的话越来越少,脸越拉越长。一年又一年,爱神的箭没少射,反正就射不到她。

啧啧,脑子坏掉了。后叹惜。

裁缝的脑子到底坏没坏，后在心里其实是不确定的。

后像大多数衰老将至的人一样，习惯把所有自己人生经验里没有过的东西简称为"坏掉了"。起初，当太阳尚未丢失之前，她在四方街卖菜——那时候的四方街是可以卖菜的，不似现在，成为夜黄城的中心地标，只允许路过、约会、问路、照相。太阳丢了之后，夜黄小城骤然出名了，街上开始出现三三两两的游客，慢慢地越来越多，电视、报纸纷纷报道。后开始学习赚游客的钱，在自家门前支起小摊卖汽水。卖着卖着，攒了些钱，索性把自家祖传的宅院简单装修了，开始挂牌"木槿花客栈"，雇了一个乡下小姑娘木金花当服务员。客栈隔壁一处小偏院落也是她的祖业，租给了裁缝开店。客栈的营生每况愈下，服务员木金花干了两年便跳槽到隔壁裁缝铺帮忙去了，后本来就想炒掉她，听说被自家的租客挖了墙脚，乐得合不拢嘴，每回见到裁缝就要道谢一回：要不是你收了我家的废物，这个好吃懒做的家伙，我一时还不晓得咋办哩，谢谢喽。把裁缝气得直翻白眼。

这里的太阳真的丢失了，二十多年以来，再也没有出现过。

起先这个小城是出了名的艳阳天，阳光普照过夜黄人的祖祖辈辈，景色秀丽，兜里没钱，日子倒是恬淡自在，鲜为外界所知。自从太阳丢了就完全不同了，街上挤满了外地人，要吃、要喝、要拉、要玩，忧思满怀，满街乱窜。本地人把铺子高价租给外地人,当房东收钱好舒服。后索性把客栈承包给了外地人,偏院租给了裁缝店收租金,自己托关系谋到了雪山索道处卖票的活儿。这是她迄今为止最喜欢的一份工作,她打算一直干到死。

每天清晨五点,后就要起床,洗漱、吃早点,然后坐索道公司的员工专用巴士花一个半小时到雪山半腰,八点前准时出现在索道售票窗口。游客来自世界各地,凑近窗口,就能看到后的臭脸,她总是一副很不情愿的样子,故意拉长了声调:

"呃,要——几——张?"眼皮也不抬一下。

"要单程,只买上,不买下。行不行?"总有傻子想占国家的便宜。

索道建设在万年不化雪的雪山山腰,利用现代工程技术把游客送至海拔五千米的雪山之巅,供小范围活动、拍照留念,然后原路索道运回来,除此,下山别无他途。当然,长翅膀能自己飞下来的鸟除外。不过远方来的客人往往不这样想,他们希望人生充满温馨的意外,有点小痛苦之后迎来大欢喜——能够徒步雪山之巅,然后诗意地迷路,拍图发朋友圈惊动许多人,最后平安无事归来写游记。这样的请求在后的职业生涯中每天不断重复,后是绝对不答应的,这个时候她会精神抖擞地抬起眼皮,两眼朝人家一瞪:"你想死在山上啊?!"

"不、不,我不想死。"

"我看你这就是找死,你明明想飞下雪山哇?"

"我只是想徒步走下雪山,感受一下大自然不行吗?"

"不行。"

"凭啥不行?"

"这是我们摩西人的雪山哪,你以为是随随便便的地方吗?就你这小身板儿还想从咱们祖传的雪山上徒步爬下来?!你是打算用'滚'的吧。哼,想死请你换个地方。下一个!"

后看起来对工作很不满意,实际上人们被她的脸骗了。她的脸只要一切换到工作模式,就是一副不开心的样子。而后知道自己是开心的,只要换上索道公司的工作服,就心生欢喜,幸福感油然而生。只是不懂得举手投足如何显得职业化,以为只要态度冷峻,就能看起来像港剧里的制服女们一样专业。

三月天的早晨,窗外雨蒙蒙,裁缝眼一睁,一天的生计就开始了。

嘱咐店小妹打扫屋子,将昨日整理出的待用面料悉数扔进洗衣机清洗,然后晾在竹竿上晒干,等风穿过纺织纤维,带走潮湿的水汽。地板拖洗干净,让它整洁平滑得像刚烫平的布,最好明晃晃地照人,苍蝇想降落也会在滑翔中摔断腿。好生擦拭镜子,让它明亮亮地晃着客人的眼睛,尽量朝上倾斜摆放,让镜中人显得瘦些,心情更好点,一高兴,没准就把衣服买了。

裁缝对人客客气气，哄着人买她的衣裳。只要有客户上门，她清冷的脸上顿时堆起笑容，笨拙地献媚讨好，一会儿问人家渴不渴，一会儿问人家饿不饿，聊不了两句，必定要拎出新做的几件衣裳左比右划，希望人们发现她的手艺有多么好。

"多么好"的标准是什么呢？

买！

她真真儿是个敬业的人，不光操心怎么卖，更操心怎么做，白天想的是怎么卖衣裳，晚上想的是怎么做衣裳。做衣裳可不是件容易的事呀，一块布从最初的选料开始，自遥远的城市买回来，裁缝需要坐很久的硬座火车去，在便宜的尾货处理市场兜来转去，按米计价的布她是买不起的，按斤计价的布才是她的首选目标。论斤称的布料也并没有什么不好，只不过不时髦了、无人问津而已，被各大布匹生产商清理淘汰后，成吨运向尾货市场，经过几轮倒手之后卖给那些经济窘迫的人。裁缝进货的时候，为了省钱顿顿吃包子，每晚住20元的旅店，睡在蟑螂遍布的床铺上。怀里揣上一个小本子记账，买瓶水喝也要认真记下来，生怕自己浪费了钱。布料与辅料运回来也不容易，要花掉她一大笔钱，"几百块也是钱呀。"她喃喃自语，每回站在物流货运站门前就心疼得直咧嘴。

布运回来，紧接着就是清洗，每块布都是要洗的，成卷地抖散，塞进洗衣机，按下按钮就能愉快地搅动起来。不洗不放心呀，万一缩水了怎么办，客户会不依不饶的。等布晾干后就能做衣裳了。她不光自己做，还雇来两个师傅打下手，照着她的指示做些制版、出胚、样衣缝合的工作，另外雇了木金花在店里照看、售卖。

裁缝的营生做久了，她看谁都像一块布，只不过有的布不好，皱起的老脸像抽了纱，断断是烫不平的，只能剪掉，呃，这样的人要远离；有的布是粗劣的化纤，摸起来像摸塑料，没法做上好的衣裳，只能一辈子在菜场做工，过粗鄙的生活；有的布则是好极了，露出来的胳膊肘儿是滑滑的缎子，光鲜的脸蛋像新染出来的绸缎，春光要从眼缝里透出来，一看就招人喜爱，可惜他们早被惯坏了，一不留神就抽了丝。唉，世上的好布的确不少，可是跟她没什么关系。

那天她一出门，就看见一个男人远远地走过来，手里握着一根皮鞭。

他一看就是外乡人，五十来岁，中等身材，理着憨厚的小平头，职业面目模糊，像一个小公司的老板，又像国营单位的老职员，也有可能是一位中学教师。黑黑的脸庞上爬了一些零零星星的麻子，像油饼上焦香的芝麻。一颗暗褐色的痦子尤为突出，独自生得硕大，出现在下巴左侧。痦子上还挑着几根毛，没舍得剪，像旗帜一样骄傲地站着，谅谁也奈何不得。这人直奔裁缝店而来，一进门就把皮鞭夹在腋下，打着背手转悠，像电视新闻里的干部下乡视察,审视的眼睛上扫下扫,左扫右扫,神情肃穆,一言不发。

"你要买什么?"木金花迎上前去,胖脸蛋一脸蠢相。

他看了她一眼,一个字都懒得应她。

裁缝出去了一会儿,很快又折回店里,她想起新到的冬季面料还没有清洗。走进后院的库房扛出一卷暗棕色毛呢布,直起嗓子叫唤:"金花,你是不是死了?"她忠实的仆人连忙应声而入,接过布扛到洗衣机前,捏住布的边缘将它整卷地抖散在地上,用剪刀剪成几段,准备塞进洗衣机。这个时候她小声告诉老板:"姐姐,外面有个怪人在店里转来转去。不说话,也不买东西。"

裁缝从后院走回前店,推开通向店内吱呀的小木门,果然见到那个奇怪的外乡人,客气而戒备地说:"您好。"

他把芝麻脸转过来,单眼皮包裹下的黑眼珠转动着,倨傲地上下打量她,嘴角不由自主地翘起来,微笑竟然有些动人,像刚才那卷暗棕色毛呢布粗糙而温暖的样子,看着还算舒服。他又晃着脑袋来回踱了几步,方才找了把椅子坐下,把赶马的皮鞭搁在腿上,仰起下巴上的痦子说:"我想跟你聊聊。"

"啊啊好呀,您起个头,想跟我聊点啥?"裁缝搬来一张椅子坐在他对面,一脸呆滞。

他很开心地摊摊手,露出白白的牙齿,脸颊甚至有些羞怯的红意,转过去问戳在门边呆呆傻傻的木金花,能不能帮他倒杯水喝。"说实在的,真是冒昧打扰了,我在街上转悠了几天,没发现什么好吃的,也没发现什么好玩的。人们说这座小城有梦也有爱,我却什么也没发现,连一碗好吃的面都没有尝到,你说,人生是不是时时刻刻充满遗憾啊?"他说。

"遗憾个屁。"木金花在后院厨房里倒水的时候悄悄替主人回答。

"屁也是遗憾的一种啊。"没想到他感应到了,高声应道。声音传回后院,吓得木金花一哆嗦,杯子差点掉下来。她想这到底是什么人啊,难道他长了狗的耳朵,实在叫人欢喜不起来。

裁缝盯着他,一言不发,像盯一捆聚酯化纤面料,警惕它随时会抽丝起球。

毛呢男人放松下来,肩膀挂在椅背上,两腿交叉着,身子懒洋洋地瘫在椅子上,像一只融化的甜筒,眼睛眯缝起来,瞅着对面的裁缝兴致勃勃地说:"好些年前我就见过你啦,来过你的店,还买过你一条裙子……说起来那是一个秋天,当时我已经离婚,陪当时的女朋友出来散散心,她接受不了我离婚的事实,成天唉声叹气,我说:'你想开点,既然我已经为你离了婚,我就不能丢下你不管,我要为你负责到底!'我陪她走了好多地方,一路上她闷闷不乐,一听我说要为她负责就愁得牙齿打战。最后我们一路游玩来到了夜黄,她一下子开心起来了，脸上露出了难得的笑容，看来这个边陲小城跟她有缘呀。"

"是一条什么样的裙子？"裁缝的注意力只在她的职业上。

"半截的牛仔裙，上面缝着一条大鱼，丑得呀触目惊'人'。"

突如其来的冒犯让裁缝一时间有些惊慌，脸因愤怒而涨红了，想争辩又觉无力，脑袋转来转去、左顾右盼一圈儿，最后还是决定拧正了脸瞅着眼前的毛呢男人，沉着脸对他说："这么说，让您见笑了？"

"没关系，一个愿打一个愿挨。"他体贴地说。

"既然丑到触目惊心，您当时为什么要买它？"

"我女朋友喜欢呀，她穿上身就不肯脱下来，好看的眼睛滴溜溜地看着我，眨巴眨巴，眨巴眨巴，哎哟，那一瞬间迷人得叫人没法拒绝，我就说啦：'好啦，买吧买吧，只要你喜欢，我都买给你。'我问你能不能便宜点，你板着脸说：'不能！'呵呵，我没记错吧？"

他显然没有瞎说，"不能"两个字是裁缝职业生涯的口头禅。

那天，他俩的见面是毛呢男人的独角戏，因为他哇啦哇啦地讲了很久，情绪着实饱满得很。寂寞的男人腿脚不受盆骨的控制，满街溜达乱走。舌头不受脑子的控制，嘴主要负责唠叨。在他看来，这破地方吃不好，睡不好，玩不好，人也不好，总之没有一样好。"哪里比得上我的家乡呀，北京城里什么都好，人们心眼儿也好,都讲礼仪。礼仪是世界上最迷人的东西,是你们这种地方没有的,你们只有月光。知道礼仪是什么吗?不知道吧?乡下人不知道的事多了去了。嘿嘿,高楼林立之处,必然有宇宙真理。"他开始满嘴跑火车了,说到高兴处,拿出手机点开相册给裁缝看,"瞧瞧,这是我的家,家具漂亮吧?我告诉你,全京城最新的款式叫我给买回来了,您有钱也买不到一模一样的……呃,瞧瞧,这是我妈种在客厅的桂花树,花开的夜晚,月亮从窗外升起来,我可以躺在桂花树下落满花瓣的沙发上看电视。"

"客厅能种活桂花树吗?"裁缝的嘴张得像塞得进一只烧鹅,暂时忘记了鱼裙带给她的冒犯。

"只要你想,你就能。"

"我不想。"裁缝冷冷回答,倏地起身走开了,丢下毛呢男人走向后院,打开洗衣机的盖子查看清洗进度。洗衣机没有因为主人的到来而停止干活,呼噜呼噜地欢腾搅拌,像一头刚刚猎获活物的水兽,上上下下正撕得高兴。她用手指捞出湿答答的面料一角,用力捻了一下又松开了,手指上有淡棕色的水印,看样子脱色严重。她晦气地盖上洗衣机的盖子,坐在楼梯边发呆。楼梯年久失修,摇摇欲坠,一副随时要倒在岁暮炮火里的模样。

毛呢男人独自坐了一会儿,自觉无趣,起身悄悄地溜了。

皮鞭忘了拿。

吐出一条黄龙

转眼到了四月天，空气中逐渐有了槐花清甜的味道，叫一阵阵雨水打了，湿答答垂挂着。樱桃花谢了，花儿随风飘落，轻轻粘在行人的头发、衣袖上。没几日就结出密密的小果儿，风一吹就鼓胀起来，从小米粒鼓胀成黄豆……仿佛能听见噼里啪啦的声音，照这个速度，很快就能吃上樱桃啦。木金花提上袋子去市场买缝纫线，樱桃树长在她必经的路口，从低矮的院墙伸出枝丫来拽她的头发、摸她的胖脸蛋，惊得她怪叫一声："哎哟，我的妈啊，你要死啊？"伸手作势要打。

树不说话，在风里沙沙地笑。

那日，木金花才出了店门没走几步，又一次看见那个毛呢男人。一个多月不见，他居然没离开小城。略微胖了些，还新换了一身棉布对襟衣裤，脚穿一双黑色布鞋，正打着背手，伸长了脑袋端详街坊老奶奶的碳炉子，炉口搁着数只烤红薯，刚刚添炭的炉膛往上冒着黑烟。老奶奶一脸横肉，恶狠狠地朝他吐了一口唾沫：

"看什么看？光看不买！"

毛呢男人猝不及防，文明的体系被攻破，让他足足愣了几秒，尴尬地耸耸肩，张大嘴呵呵直笑。

"吃不起就不要吃。"老奶奶厉声喝道，朝毛呢男人挥舞手中的火钳，让他滚开。毛呢男人落荒而逃，差点踩了木金花的脚，木金花咧开嘴笑了。

"好看的姑娘，您这是打算去干吗？"他居然好意思凑过来搭讪。

"买线。"

"好辛苦啊，你老板得给你涨工资。"

木金花嘻嘻笑着走远了，没有理会他。对于老板不喜欢的人，她乐意表现更强烈的不喜欢，老板喜欢的人，事实上她也不喜欢，从本质上讲，她不喜欢这个世界。不过，等她买线回来，才过两个钟头，她发现世界变了：老板和毛呢男人在店铺后院的厨房里相对而坐，亲热得像见了发迹的远房亲戚。老板的四方脸上好似抹了红脂胭，刚刚熟络的两个人俨然故交，正打算合伙吃掉盘子里一只剥了皮的烤鸽子。可怜的鸽子刚刚死于非命，浑身通红油亮，两只绿豆眼儿不肯闭合，直勾勾地瞪着人，经过一小时的高压锅炖煮之后的身子反而僵硬如铁，脖颈硬得像铁管，菜刀砍下去卷了刃。毛呢男人想用筷子分开它的尸首，显然是徒劳，捅它的肚子、插它的喉咙、扯它的翅膀，依旧固若金汤。它躺在汤里,像一个意外溺水身亡的儿童。

"一个人待在夜黄两个月了,你不闷吗?"四方脸裁缝捏着嗓子问。

"旅行就是我的生活呀。"他朝她挤挤眼。刚才他佯装路过,在门口踱步,最后以取回上次遗落的皮鞭的名义,气定神闲地迈着四方步踱进了裁缝店,手里拎着那只倒霉的鸽子,希望"借贵厨房一用,江湖寒夜路漫漫,炖只'飞奴'来补身"。

"这也叫生活?"

"不然哪?"他笑了笑,看她一脸狐疑,于是解释给她听,问她知不知道世界上有一种人是不需要天天朝九晚五赚血汗钱,而是炒炒股、买买期货就能过上好日子,例如他时常对人说:他大学毕业后进了证券公司做操盘手,很快做到经理位置,如果不是遇到那个喜爱鱼裙的女孩,为她抛家弃子,现在应该还是一个疲于奔命的年老白领,走到哪里都让人羡慕与巴结,烦不胜烦啊,而不是现在这个隐形富翁的低调样子。旅行过许多地方,在失去心爱的女朋友的这些年,他活得像一匹孤狼,独自在时间的荒野上游荡,不是旅行在人迹罕至的深山小城,就是宅在北京华丽的大房子里如困兽。不过他白炫耀了一场,因为裁缝的境界太低,愣是没听懂,反而对他充满了同情:

"你应该回故乡,和你的家人在一起。"

毛呢男人不想回应她,他只想聊些自己想说的,他说,人生没意思透了呀。

没事的时候,他喜欢去墓地转转,墓地真的是很好的去处,尤其是陌生人的墓地,适合悠闲自在地闲荡、私语,猜测他们曾经经历了什么,跟他们聊天是一件很有意思的事情,死者把生人的故事带进荒凉的坟茔,不再担忧他们会泄密。让凉风吹着头皮,像被毛茸茸的小狗舔脸,树叶沙沙响,躺在坟包子上眯眼看天空,哎呀呀,感觉意义忽然间很深邃,天与地,生与死,尽在此时此刻。"真的,很快就有答案。建议你也试试。"他非常笃定地说。

裁缝惊奇地睁大眼睛,她不觉得这是非常酷的行为,没有得到死人的邀请而擅闯等于冒犯,他们好好儿地躺在那里,身上盖着泥土,没有事先打招呼就去惊扰人家,在人家头上走来走去地溜达,肯定是不妥当的。"你应该先打招呼。"她很认真地说,"向死人打招呼?"他笑得眼泪快出来了。

鸽子抗拒被分尸,坚持无论炖多久也要像铁一样僵硬,最终它胜利了,带着它瘆人的坚强被裁缝装进纸箱,准备葬在狮子山下。毛呢男人饶有趣味地看着裁缝认真地找来一只纸箱子、往箱子里放野花,打算扛上山埋了。他忽然没有任何征兆地站起来,跌跌撞撞走出店铺,趴在门前水沟边的大石头上开始呕吐,哇啦哇啦,哇啦哇啦,哇啦哇啦……浑浊的黄水从他的胃、口腔喷射而出,像自高压水龙头般的腹腔里喷射出来,顿时泄了一地。吐了一会儿,他眼珠灰白坐在地上休息,稍微恢复体力,紧接着又开始了新一轮的呕吐。

原来刚才是热身,这次才是真正的冲锋:哇啦哇啦,哇啦哇啦,哇啦哇啦……吐出一条凶猛的黄龙。

隔壁街一家户外徒步俱乐部的老板木美玉从毛呢男人身边路过,一眼认出了路边吐得东倒西歪的丑陋家伙就是自己的大客户,亲热得像见了亲爹,连忙窜上前把已经吐到腿软的毛呢男人搀扶起来,指挥戳在旁边目瞪口呆、不知所措的裁缝进屋倒杯热水让他喝下。等"亲爹"稍微缓了缓神儿,木美玉凑近了递上一根烟说:"陈老板,上次徒步雪山玩得爽不爽?您多付了一倍的钱我还真没让您白掏哇,我们的服务做得好,客户满意度一直是百分之百,对不对?!想不想再徒步一个新项目?"

吐得有气无力的毛呢男人萎坐在台阶上不想说话。

情和义，值千金

木美玉是一个膀大腰圆、脸却精瘦的小伙子，在小城另一条街开了一家户外徒步俱乐部，主要营生是充当无证伴游，带领远道而来的游客爬雪山、过草地，去米城看云，去红月谷放鹰。不过他的户外俱乐部快搞不下去了，他也不想搞下去了，搞旅游还不如搞女人，反正后者他也不花钱。世上的乐子那么多，干吗要在赚钱这一棵树上吊死？越来越多的正规旅行社加入了市场竞争。他们体面、整齐、高效，借助互联网、街头广告等优势，无争议地分流了大部分游客，抢走了野导游们的绝大部分生意。但这不表示木美玉们真的要断炊，还是有很多有情怀的文艺青年、文艺中年需要去危险的地方徒步"找到自己"，只是他们不太喜欢花钱，能花五块钱解决的事儿，花六块钱能呼天抢地。所以，像毛呢男人这样的土豪游客简直是木美玉心中的小天使。他出现的那天是一个烟雾迷离的下午，水汽爬满了窗玻璃，让窗子蒙上一层白白的雾，有人用手指悄悄画了一个心形，水珠凝结后流淌下来，像一行泪。木美玉歪躺在烟雾缭绕的店内沙发上喝酒,左手提着一只绿色草编蚂蚱,右手提着空了一半的白酒瓶子。店门口醒目处搁着一只装满水的金鱼缸,缸身上贴着一张耐人寻味的纸条,写着"什么都卖,唯独此蚂蚱不卖"。他手下的两名小伙伴也坐得东倒西歪,像一摊溶化掉的巧克力糊在椅子上。

"老板,你是一个有故事的人啊。"

毛呢男人不知什么时候出现在店里,显然是被鱼缸吸引进来的,他像一个高山隐士,来到人间拈花一笑。木美玉抬起眼皮看了看来客,一看这做派,就吃准了从他身上准能挖出钱来,连忙吐出嘴里叼着的烟头,从沙发上跳起来,用脚踢醒了梦游的小跟班,让大家一起站起来迎接大买卖,对这个面相普通、年龄模糊的老男人堆上了笑容。草编蚂蚱被扔进了鱼缸,缓缓沉下去,落下来,像经过漫长的飞行之后终于回到了故乡。

"老板,你想去哪儿玩?哥儿几个保证让你玩开心。"木美玉喜欢单刀直入。

"老板,我还没想好。"毛呢男人含笑半步癫。

"老板,雪山上看云,林海里看雾,野湖边看鸟,金沙江的悬崖上跑骏马,随便你选哪样。"木美玉的小团队凑拢来纷纷介绍。

"老板,我要挨个感受一下。"毛呢男人说。

他们大喜过望,直言不讳地说:"老板,只要你出得起钱。"

他们这么对着彼此老板来、老板去地胡乱聊了半天,最后决定一起坐下来喝一杯。结果喝光了一只大铁桶。当时两个小跟班忙不迭地跑到小卖部抬了一箱白酒回来,全部打开了咕咚咕咚倒进一只大铁桶,每人发一只碗,用碗自顾自舀着喝,没人劝酒,大家生怕自己喝少了。喝到高兴处,毛呢男人忽然满脸是泪,泣不成声,抓起沙发上一块布擦鼻涕,后来发现是一只发硬的袜子。木美玉跳起来摇摆屁股用手指着鱼缸唱歌,显得格外情深义重,他说,这是我好兄弟蚂蚱先生送我的蚂蚱,他是一位高尚的民间手艺人,有一天他决定去云游四海,临走前亲手为我编的……如今他已离去,我只有默默地怀念。

喽啰们在自己的大腿上打起了拍子,随声附和高唱《监狱风云》中的插曲,一时间,岁月峥嵘中却有诗意无限。这个时候,穿得奇形怪状的四方脸裁缝从门前匆匆经过,还不失时机地朝他们翻了个白眼。

"不要以为只有你们一线城市的人才有钱,在我们夜黄城也照样出深藏财富而不显露的高人——看见刚才的女的没有?四方脸的那个。"木美玉打着酒嗝,醉眼迷蒙,用手指着门外裁缝的背影神秘兮兮地对毛呢男人说。

"没有。"毛呢男人眼神不好。

"别看她是个小裁缝,可是她爹是我们这条街最有钱的人,祖上积下来的财富不少,只有她这一个女儿……可惜她的眼睛没长好……"

"瞎了?"毛呢男人被吊起了胃口,吃惊地问。

"不,每隔一分钟要翻一次白眼,眼球安了弹簧,总把眼白弹到了正面……大夫也治不了她。"他说完后,喽啰们顿时哄笑起来,话题转到女人身上,忘了谈生意。

毛呢男人果然是出手阔绰的大客户,包下木美玉最近所有的户外项目,雇了他们几个人陪自己去金沙江边捡石头,去湖边看鸟,去雪山上看云,还雇了四匹马让每人骑一匹在高原花海溜达,还想去深山里打野鸡。不过鸡没打到,因为人比鸡还多,到处碰见同样扛着违禁猎枪试图打野鸡的游客以及山路上溜达的巡视警车。游客们固执地认为通过打野鸡能找回童年用弹弓打麻雀的美好时光,警察们不解风情,穿着黑色大皮靴粗暴地闯进他们的白日梦,威胁要送他们去监狱过年。打不着野鸡的游客们不肯回客栈睡觉,一拨一拨地在星光下唱歌,一宿一宿地不睡觉。毛呢男人也不想睡觉,木美玉和他的小团队收了钱就得听客户吹牛,听他讲外面的高尚世界,有钱人如何打高尔夫,如何喝下午茶,如何约人吃饭……

他的优越感深深地伤害了纯朴的年轻人。木美玉们不甘示弱,三对一,轻装上阵对着吹,迅速进行对本地本民族历史、文化的全面包装,丰富、夸大、没谱到无边无际,让毛呢男人善于逢迎与周旋的本事当场破产。

你就是花

当他夹着马鞭走进裁缝铺与裁缝第一次对话时,他就爱上了这个孤僻寡言的女人,爱情产生的原因是那么奇妙,根本无法说清楚。他像一个被上帝选中的人,对一个孤独、木讷的大龄剩女紧急执行保护与救赎的任务,叫她懂得爱的样子,叫她不再孤单,要把她前半生质押给命运当铺的幸福赎回来。一个多月后他们拥抱在一起,在远离尘嚣的半山腰处的杜绢花丛中,他压在她身上凶狠地啃吸她的嘴,像挑夫下班后啃东坡肘子、吸大酱骨中间的骨髓,格外地投入。手在她身上到处摸索,仿佛晚归的人站在家门口的黑暗中翻找钥匙,找来找去也没找到,干脆把门撞开算了。年龄的悬殊没有成为他们的障碍,反而油然而生天然的美妙感。这是他们的第三次见面——如果不算毛呢男人自称很多年前的那次。

几个小时前,毛呢男人说,前几天呕吐吓着你了,必须给我一个弥补的机会,让我为你做点什么吧,你想要什么?我的天使。

他油腔滑调,笑眯眯地站在裁缝店门前,开着与他的年龄不相称的玩笑,手里捧着一只白珠光贝壳镶嵌的花瓶,说是专门为她买的,以表达感激她的精心照料——她曾经为他倒过一杯热水,当时在木美玉的指挥下。毛呢男人希望她喜欢这个瓶子,瓶子一点儿也不贵。他随意报了一个令人咂舌的高价,同时对他们的吃惊表示了吃惊:难道不是这样的行情吗?

突如其来的殷勤让裁缝结结巴巴,不知该如何应对,她脸红红地说:"送这么好的花瓶,可是我没有花儿呀。"

"你就是花。"他严肃而肯定地说。

木金花想笑,裁缝朝她狠狠一瞪眼,刚展开的表情紧急刹住,笑容像一辆倒霉的车,刚售出还没来得及兜风就被召回。她假装去后院洗布料走开了,却伸长了耳朵偷听他们在前厅的聊天。听见裁缝故作天真地说:"可是我又不能跳进这只花瓶里啊。"毛呢男人嘿嘿笑了笑,声音忽然压低了:"心中有瓶,处处是花。"天啊,这他妈叫什么事,这两个人想搞什么名堂?木姑娘的脑袋快从脖子上摇掉了,她发现这个世界充满了她所不能理解的事,包括两个毫无关联的人突然擦出了电光火花。不一会儿,他们兴致勃勃地决定现在就上山采野花,叮嘱木金花好好看店。

"菜市场就有鲜花卖!"木金花大声提醒裁缝不要舍近求远。

裁缝装作没听见,面色欢喜地换了件自认为好看的蓝布裙子,匆匆往脸上抹了些粉底、描了口红——天啦,她居然还有口红。木金花惊呆了。毛呢男人含笑等在门口,一边抽烟一边好意跟蠢人讲:哎呀丫头,你为老板分忧的心难能可贵,我特别欣赏,但是你知道你错在哪儿了吗?错在你不懂所谓的"鲜花"与咱们要去采的大自然的花有什么分别。

一脸横肉的木金花懒得理他。

"无根之花不要采,记住了吗?"他带着裁缝出发了,走了好几步还不忘以一个富有高知群体的姿态回首赠了她一个知识点,不顾小姑娘朝他直翻白眼。

杜鹃山上只长杜鹃,别的什么也不生长,杜鹃木遮天蔽日,红的白的、高的矮的次第开,四季不停歇。那红,红起来像血海,触目所及汪洋一片,偶尔有一些黄杜鹃、白杜鹃,那花儿黄得明艳瘆人、白得晦暗潮湿,不似人间,像坟前纸扎的冥花。高的树,人站在树下朝上看,树高到仿佛能入云彩;矮的树只有一米来高,却生长得尤为壮实,花儿缤纷开了一身,时时怒放,毫无倦意。

欢娱之后,他们坐在高高的山岗,无言依偎,像飘浮在杜鹃花海中的一叶孤舟,裁缝把头埋在他的胸前,嘴里含着一朵初放的粉色杜鹃。毛呢男人抽了一支烟,便说:傻女,坐好!裁缝佯怒着给了他一拳,他作势受伤要倒下,两个人闹了一会儿,偶尔一瞬间沉默了,又嘻嘻笑起来。

闹够了,毛呢男人抚摸着她的头发开始给她讲故事,讲外面世界有趣或印象深刻的事情。例如有一年他坐火车出差,在黑夜里,火车经过城市与村庄、山峰与湖泊,有一站停靠在一个寂寂无闻的荒村小镇,月光下的站台泛着白光,他从睡意朦胧中惊醒,抬眼从车窗望去,蓦然看见空荡荡的站台上孤零零地站着一个人。这个人很奇怪,他的身边没有任何行李,在月光下一动不动地垂着手,眼睛望着虚空若有所思。当他的脸转过来的时候,毛呢男人认出了他,居然是自己早年认识的一个熟人,只是很久没有这个人的消息了,人们以为他早就死了,毛呢男人却在遥远的荒凉小镇夜里恰巧遇见了。火车很快启动了,缓缓驶离站台,毛呢男人趴在车窗前,脸贴着玻璃眼睁睁看着那个人越变越小,很快被月色吞没了。坐稳后,自己才发现冷汗早就湿透了脊背,腿直发软。

这个人他再也没有见过,后来也没有任何有关他的消息。对于那一夜在火车上所见,毛呢男人过去也没有跟人提起过,哪怕跟共同认识的朋友一起喝酒的时候他也没有说,不知为什么,不敢说,说不清。

"每当我想说的时候,冷汗就冒出来。"毛呢男人呆呆地回忆。

他牵着她的手向南面的山坡上走,愈往上,漫山遍野的杜鹃花开得愈明艳。月光透亮，所有的花瓣上像镀了一层银箔，闪烁奇异的光芒。他们来到一棵高大的黄杜鹃树下，地势平整，杂草不多，黄色杜鹃花儿也开得格外肥厚，绿叶片片闪着油光。他说这儿是他的静心亭，烦心的时候他就专程坐飞机来夜黄城，独自来这片山坡坐坐，躺在四季常开的黄杜鹃树下打盹儿，眯上眼养神。

"你让我心情平静，就像这片黄杜鹃。"他说。

"可是我不美呀。"她低着头说。

"囡囡，"他给她取了一个名字，"你是我的囡囡。"

他们又脱了衣服，在花丛中快活地打滚，重新启动了热情，通过肉体的探索让生命填入新的意义。好一会儿才结束，各自重新穿好了衣服，坐稳了继续聊天，像什么都没发生。

裁缝想说童年往事，他不爱听，他只是问："你爸爸平时工作忙吗？"

她左顾右盼言其他，显然这是她不想聊的话题。

风吹来，满山的黄杜鹃作起伏势，波浪浩瀚。他环顾四周，头奈拉下来，月光下忽然有了苍老之意。他眯着眼有些感慨，指了指身边的黄杜鹃树丛，说："这是块好地方，风水宝地，你不懂看风水吧？"

"不懂。"

"囡囡，你是一个傻囡囡。"他捏了捏她的脸，像电影镜头中那样亲狎。看得出来他对眼前这块土地颇有感情，他说："自从我来过这儿，事事就很顺。"

裁缝半信半疑。

"十几年前，我陪我当时的女朋友来过这里。她是一名小学音乐老师，喜欢黄杜鹃，喜欢得不得了。喏，瞧瞧，就在这棵树下，我当时给她照了不少相。她穿着刚从你家买的鱼裙子把身子扭出各种姿势，抱着花儿照，躺在花丛中照，跳起来照，开心得像我们刚认识时的样子……哦，我好久都没有看她开心过了——为了不拆散我的家庭，她四处躲着我，我对她说：'你老躲着我不是个办法呀，我花了那么多钱在你身上，供你读完了大学，给你找了好工作，你的学费、吃穿用度全是我的，你的手机是我买的，你妈妈住院治病的钱也是我掏的，你弟弟从工地的架梯上掉下来，后续理赔也是靠我……不过，你千万不要内疚，这是我心甘情愿的付出，我在付出的过程中觉得特别幸福……这样吧，咱俩好聚好散，一起去旅行，最后一次，只当是一个纪念，为我们六年的感情画上一个圆满的句号。'"

"哦，然后呢？"

"她一听是要画上句号，这才松了口气，同意出来走走。"

"后来呢？"裁缝想快进看大结局。

"后来她不告而别，在我枕边放下一封信就走了。"

两个人不再说话，各自想心事。过了一会儿，毛呢男人点燃一支烟,独自走到坡顶上抽,抽完了他突然回过头对裁缝说,我给你跳个舞吧。嘿嘿。当真跳起来了,手脚乱抽,屁股摇起来,一会儿左,一会儿右,脑袋摆来摆去,表情还很严肃。

裁缝大笑起来,笑得喘不过气,朝他扔石头,让他赶紧停下。

甜雾

杜鹃花谢的时候，裁缝怀上了毛呢男人的孩子。

事实上，杜鹃山上的杜鹃花并没有停止怒放，凋谢仅仅是裁缝对过去记忆的条件反射：花是有花期的，月也有阴晴圆缺，人会老，山河会枯荣，恩爱会离散。而不是现在这样，人们在月光下快活地生活栖息，像毒蘑菇一窝一窝发酵，能吃能睡，胃口空前绝后的好，各色餐馆排到了天边，每家门口还得排队，游客疯狂涌入夜黄古城，当地政府试图通过建围墙、设路障、按人头征收过路费等方式扼住人流暴增的势头，依旧收效甚微。万年不化雪的雪山轰然融化了，像一只甜筒冰激凌被人舔光了冰激凌，只剩下甜筒。山上的花儿越开越大了，还常开不败，去年在枝头，今年还在，报纸上说已经出现了脸盆大的喇叭花，直径据说超过了半米，再一次刷新了吉尼斯世界纪录。

毛呢男人回到了他的城市，通过电话、邮件与裁缝每天保持固定而热烈的联系。他在每天黄昏的例行电话里声音温柔得像凑近一朵蒲公英的孩子，仿佛轻轻一呵气，对方的魂魄就要散在风里。他简直什么都聊,而且极富耐心,一点点讲述他当天的生活内容:遇到什么人,发生了什么事,新看了什么电影,吃到了什么新鲜食物,他事无巨细地要与她分享。囡囡,你起床了没有?囡囡,你要快乐呀!他的呼唤从听筒里传出来,在裁缝的耳畔私语:囡囡,你再坚持一下,我很快就安排完手头的项目,这就飞过去看你,带你去吃雪山脚下的鱼……

裁缝像一个中了彩票的痴汉,走路的时候每一步都踩在云端,幸福来得如此猛烈,让她不知道怎么办才好。随着孕吐越来越厉害,她减少了去店铺的次数,尽量待在家里。家中只有她一个人,老父亲健在,与他年迈的情人住在另外的地方。长此以往显然不是办法,她未婚先孕的消息一定会长上翅膀飞遍这条街,成为大家热议的对象。房东后是第一个发现异常的人,她在街口拦下裁缝,死死盯住她的脸、身子、脚踝上下打量,凑近她的耳朵压低声音说:"姑娘,你是不是叫人给'害'了?"她过时的不妥当的措辞令人愤怒,裁缝不说话,站着不动,眼睛狠狠地回瞪她。

"你看着我干什么?"后两手一摊,脖颈后仰。

裁缝不说话。

后叹了口气,对她说:"傻女,肚子会一天比一天大的,不要让那个男人跑了,要嫁给他,记住没有?!"

裁缝低下头,面色缓和下来。

"是不是外地人?"

裁缝点点头。

后露出惊叹的语气,很肯定地给出结论:"外地人没有一个好东西,尤其男人。"末了,又修补理论,"马克不算,他是一个老实人。"

马克是裁缝过去的恋人,短暂的交往后分手了。

裁缝不置可否地走开了。后忧心地望着她的背影,直到她的背影消失。

她在电话里说:我要吃鱼鱼,那种雪白白的鱼鱼。

夜黄雪山脚下野湖里的银色鱼儿,才是好吃的"鱼鱼"啊。

毛呢男人再一次来到夜黄,是雨季最黏稠的时候,天漏了一个大洞,呼呼地朝大地放水,市政排水系统没能经受住百年一遇的考验,崩溃于八月的第一个黎明之前。洪水倒灌进古城地势较低的南面,卷走街边立场不坚定的树木,推着钢制垃圾桶满街跑,让它们在水上一起一伏,像钓鱼时神经质的鱼漂,忽上忽下,忽左忽右,一会儿出现在商场门口,一会儿去了桥上。不少商品从商铺里溜出来,成为人们快活争抢的目标。人们像鱼一样灵活,在水里钻来钻去,丝毫没有影响上班、买菜、办事、谈恋爱,只是逛街变成了游街,走路变成了冲浪。小孩子们倍加珍惜来之不易的奇景,干脆脱光了衣服上街打水仗,一人抢一只塑料大盆坐进去,玩"溜溜转"的游戏,直至转到口吐白沫。

木美玉的沙发漂到了街上,他追出来,嘴里骂个不停。

洪水漫过河堤,逼近胡美美在河边盘下的小饭馆。她遣散了员工,端端正正地坐在饭馆的收银台前抄着手,呆呆地看着鱼从河里成群游进来,参观一圈后又游了出去。水漫上她的椅子,像夜店酒吧里的音乐一样摇晃她松散的屁股。

雨停了,积水渐渐退去。

裁缝的店铺泡水了,仓库中大量布料浸透了雨水,变得沉重而濡湿。吃过洪灾的湿布就是死透了的尸体,对它不能再有任何指望了。裁缝赶到店里来,抽抽搭搭哭了一早上,末了,被人扶了出去,坐在前厅椅子上喘气。毛呢男人到来的时候她还在哭,用手绢盖着脸无声抽泣。毛呢男人悄无声息地出现在她面前,轻轻揭开手绢,用手捏捏她的脸说:我不是回来了吗?囡囡不要哭啦。她哇的一下哭出声来,那一刻是他们再也没有过的久别重逢。

"赔了好多好多钱……"她在他的怀里哽咽。

好啦,不要哭啦,咱们家有的是钱。男人温柔的声音像毛刷擦拭尘埃,在她耳边轻轻私语,让她不要担心,他会拿一笔钱给她。

"我不要。"她含着泪说,心里却乐开了花。

"我儿子四个半月了,大夫检查后怎么说?"毛呢男人轻轻摸着她的肚子。

"他们说我是高龄产妇,黄体酮不足,要补打……已经打过十几天针,好些了。医生叮嘱我多吃,尽量少动……我想吃鱼鱼……"她的眼泪又淌下来。

毛呢男人喜滋滋的,高兴地说,吃吃吃,咱们这就去。

当晚,他们依偎在一起讲了一夜的话,聊各种稀奇的见闻,裁缝说她小时候听老人讲,在茶马古道上讨生活的行当中有一种职业非常离奇,是讲故事,准确说是演一个故事。换一个环境,就换一个新的名字、新的职业、新的身份,甚至连配偶也是新的。在新的环境里对人们讲一个关于他们身世的新故事,在新故事里,他们重新活过来了。这些人来历不明,行踪不定,拥有各种各样、随时替换的身份。很难说他们这么做的真实目的是什么,并非止步于表面的求财,更多是想演一个他们期待的自己。靠讲故事活下来的人身上会有一种特别的味道,是四月天树林中的蘑菇散发出的诱人的甜腥,混合了梅子酒的气味,在春天里发酵。那些有意思的人后来都消散了,渗入时间的缝隙。随着时代的进步——是不是进步还不知道呢,他们生存的空间越来越小,像早晨的雾霭说没就没有了。

马克不一样,他背着背包出现在夜黄的时候,乏味极了。

他和裁缝在网上认识，聊了不到一个月，他就打起背包坐长途火车真的找过来了。一个精壮淳朴的中年男人，在内蒙古一家小公司做人力资源管理，打算跟她结婚，来了夜黄就不肯走了。他是为讨生活而来，而他想讨的正是裁缝顶顶讨厌的生活，"早上吃什么，中午吃什么，晚上吃什么，明天吃什么，这有什么意思呢？"她不解地向房东讨教。是个人都是要吃饭的呀。可是，每天只关心这个，是不是太没有意思了？不，有意思！后说："这才是真正值得嫁的老实人呀，是你们这些穿得稀奇古怪的人理解不了的。"

"他平庸，所以就一定老实吗？"

"对。"后肯定地回答。

"土＝老实？"

"没错。"后拍着胸脯保证这是宇宙真理，放诸四海皆准，她开导裁缝，"是个人都要过这样的日子，难道你不吃五谷杂粮？"

"不吃，我喜欢喝羊肉汤。"裁缝当时回答。

有一年，她八九岁，曾经吃过一种很美味的糕点，名字叫"甜雾"，白雪般甜蜜而黏腻，捏在手上软软的，有弹性，咬一口，是杏仁、椰奶的味道，这是她吃过的最美味的东西。糕点来自当地最有名的凤华食品店，她的母亲，人称金姐，在那里工作。那时候金姐还没有离婚，是一个风光的女人，不过很快她就风光不起来了,她的丈夫跟一个大他十几岁的女人混在了一起,公开出双入对,让她颜面扫地。

"好想再吃一盒啊。"她在夜里回忆往事,还咂巴着嘴。

"天亮了咱就买去!"毛呢男人说。

她听了心里很舒坦,明明知道买不到了,却像已经吃到嘴一样幸福,她蜷缩在毛呢男人的怀里,期待有一个悠长酣甜的美梦。前年仲夏夜,母亲与她效力一生的凤华食品店一起寿终正寝——推土机轰鸣,拆迁队陪伴老人家度过了最后的美好时光,陪她唠嗑,一唠就是一整天,一个站在屋顶,一群站在地面。天快黑了,一个工作人员爬上屋顶陪她唠,最后还紧紧拉着她的手,叫她"再坚持一会儿,价钱好商量……"。老太太不想商量,直接蹦下去让脑浆流了一地,屋顶风大,她一分钟也不想待了。

毛呢男人不怎么爱回忆自己的童年,他更爱讲述成年之后的见闻:有一年他去纽约出差,住在派克大街的一个合作伙伴家里。那是一处临街的公寓,夜里四点左右,因为时差的关系,他翻来覆去睡不着,忽然间听到窗外一阵枪声大作。他一下子从床上跳起来,拉开窗帘张望,街心有几个青年在急速奔跑。当时他还年轻,刚刚加入跨国大公司工作,对什么都很好奇。说时迟,那时快,砰的一声,一颗流弹擦着他的头皮而过,左侧的窗玻璃就在他眼前碎了。他浑身冰凉地钻回被窝,用被子

甜雾

蒙着头发抖，牙齿上下打战，熬到黎明破晓，身上才有了些热气。经过这一次，他体会到原来人在极度恐惧的情况下会不自觉地丧失热量，手指变得特别苍白，冰凉得像冰箱里冻过的鸡爪。

"原来你到过美国呀？"裁缝羡慕不已，她只是在电影里见过。

"这有什么稀奇呢，就是我的生活啊。"

"你当时好危险呀。"

"是呀，好奇会害死猫啊！"他由衷地感叹。

哦，裁缝想起了自己曾经养过一只猫，名叫小裁缝，一个多么可爱的孩子啊，冬季夜里喜欢钻进人的被子睡觉，躺在身边呼噜呼噜打鼾。睡到后半夜就起床工作，把咬死的老鼠叼回来献给主人——血淋淋地搁在裁缝的枕头边，它侧趴在枕头旁边不肯走，等天亮了她醒的时候好及时邀功。不过主人的尖叫到底表达了什么，是惊喜还是惊骇，它始终不敢确定。到了春天它也不闲着，晓风轻拂杨柳，梨花白白，真是好时光呀，它喜欢去邻居家偷东西，什么都偷——袜子、手表、耳环、火腿肠、拖鞋、手机……有一次还偷了一本最新一期时装画报，费了很大力气才叼回来，它以为主人能派上用场，被裁缝果断地赏了两耳光。

春去秋来，几年之后，有一天，它突然消失了。因为它经常消失，所以没有人觉得意外，反正它隔几天便会回来，神气活现地躺在裁缝铺里的地板上。只是这一次它再也没有回来，从此没有它的踪迹。裁缝出去找了两日，无果，便逐渐遗忘了它。

"它的鼻尖上有一个白点，四个爪子也是白的，只要人蹲下来向它伸出手，它就会走过来把脖子伸给你……"毛呢男人脸上挂着神秘的笑。

裁缝惊喜万分，激动地摇着他的手臂问："是呀是呀，你怎么知道？"

毛呢男人只是笑笑，不多说话了。

裁缝全身的毛孔收紧了，她打开灯，盯着他的眼睛看，想把十几年前消失的猫从他的眼睛中找回来。毛呢男人说：快把灯关了，灯光刺眼睛呐，你的猫又不是我吃了，瞪那么大眼睛看着我干什么。裁缝气呼呼的不说话，只是看着他。哎呀，囡囡，你心里没有我啊，我说过的话你从不记得。你忘啦，今年咱们第一次见面我就告诉过你了，这不是咱们的"第一次见面"，咱们十几年前就见过啦。不要生气啊，囡囡，那时候你还年轻，是一个小裁缝，你的猫也叫小裁缝，你的店还是在这个店，你的猫躺在桌子上睡大觉，一招手就跑过来跟人玩。我当时的女朋友逗它，它就围着我们打转，赶都赶不走……毛呢男人一口气说了许多，试图唤醒裁缝沉睡的记忆。

裁缝顿时忘了她的猫，注意力被他记忆里的"当时的女朋友"吸引了，她完全想不起曾经见过，只顾不经意地打探："哦，前女友哇，那么，她是不是很美的女孩子啊？"毛呢男人识破了她的小心思，捏了捏她的脸说：囡囡，不要吃醋啦，快躺下睡觉觉喽。裁缝在黑暗中闭上眼睛，像躺回童年的摇篮。

　　毛呢男人没有睡，他在黑暗里坐了一晚上，吧吧地抽烟，零星的火光闪烁，像浮游的萤火虫提着灯笼游荡。

最好的时光

第二天一大早,他带她去医院检查,顺便陪她逛商场,买了许多金首饰。

回来的时候,在胡美美的小饭馆坐下点了几个夜黄知名小菜,吃得很高兴,油炸水蜻蜓、尖椒炒知了,醋熘麻雀,红烧布谷鸟。布谷鸟是玉米棒做的,上面安了两只黑豆眼珠……中间上了一道硬菜,名曰鸳鸯双栖蝶双飞,不过做得很失败,鸳鸯太老嚼不动,蝴蝶的翅膀掉色。最后还上了一道例汤,一行白鹭上青天——青菜豆腐汤的另一种叫法。这是一座临水小楼,微风拂来,昨天突如其来的洪水没有吓退胡美美赚钱的意志,厨师跑了,她亲自下厨。邻座的男人叫她过来,激动地拿筷子冲盘子指指点点,让老板娘'好好瞅瞅你这盘子里是什么'?!

"肉。"她答得脆生生。

"谁——的——肉?"食客气势汹汹。

"不是我的。"她这么说也没毛病,说完了就回到后厨准备炒下一道菜。

"我×！"为了表示无语，食客用筷子夹起一片语焉不详的东西吼叫起来，声音简直想捅破饭馆的天花板。

胡美美应声跑出来，在他的餐桌前作势要脱裙子，手还推了他一把，嘴里说道："来嘛，不要客气，一盘燕子归来没炒好就不得了哇，想×我吗？好，我成全你，就在这里×！"挑剔的食客窘得说不出话来，连连向她道歉，说：大姐我有眼不识泰山，你是个侠女，我不想×你，只想好好吃完这顿饭。众人哄笑起来。毛呢男人没笑，他不停地给裁缝夹菜，说："囡囡，吃这只麻雀！"

"你娶不娶我？"老实人的直接像钢刀直掏心窝。

"娶。"毛呢男人出人意料的没有丝毫犹豫，答得干脆利落，嘴里还在嚼一只倒霉的知了，手里筷子没停下给她夹菜的动作。这下轮到裁缝迟疑纠结了，她似乎没有预先以为的欢喜，答案给得太痛快，便少了迂回的趣味，应该掂量一下要不要嫁给一个大自己15岁的富有男人。"生了孩子咱们就结婚。"他又及时补了一句，仿佛懂得她的感受，一个有钱有阅历的老男人对待婚姻自有他的审视与谨慎。

毛呢男人住进了裁缝的家，简单粉刷了房子，雇了一名阿姨照顾日常起居，做饭、打扫卫生。在伙食上绝不吝啬，嘱咐阿姨买最贵的菜回来做给裁缝吃。偶尔他会亲自下厨，做几个拿手菜给她换换口味。裁缝惊叹于他炒的菜比她之前吃过的所有菜都好吃。她的肚子一天天大了起来，起先看不出来，她的衣服宽大，成功地罩住了她的秘密，很快就不管用了。她迅速发胖，四方脸变成了圆盆脸，肉在腮帮子上堆着快挂不住了，眼神温柔了，分得过开的两只眼被挤得稍微靠拢了点，看起来匀称，面相倒好看了许多。小腹高高隆起，明眼人一看就知道她快生了。让她意外的是并没有多少人对此表现出吃惊，人们忙碌自己的营生，短暂的议论之后便遗忘了，没人关心她孩子的父亲是谁、什么时候结婚。

每天黄昏，只要毛呢男人在夜黄，他会准时陪裁缝外出散步，沿夜黄城的河堤慢慢走。他挽着她，帮她拎随身携带的水杯，像一对饱经风霜后终获平静的夫妇。他最近喜欢穿对襟盘扣棉布上衣，配品质非常好的裤子，鞋子一定要舒适轻便，要足够低调。只是手腕上的江诗丹顿手表在不经意的抬手间暴露他真实的社会圈层，一个财富自由的老男人应有的虚怀若谷，他都做到了。

最近他又去了好几次杜鹃山，用一只小铲子上山挖了几株杜鹃花小苗回来，精心种在院子里，"打开窗户，你躺在床上就能看到花开。"他周到而体贴。

沿着河岸慢慢散步是裁缝一生中最美好的时光，她像小孩子一样依偎着毛呢男人，缠着他讲故事，讲他过去的见闻。他说书般津津有味地说了许多掌故。说到有一回,他去一个偏远的穷县谈一个很大的项目,接待方安排他住进了当地最好的酒店。下午他准备去附近逛一逛,吃点当地特色小吃,刚下楼梯走到大堂,就看见保安在推搡一个蓬头垢面的农村妇女,阻止她入内,她急得直流泪,什么话也说不出来。他看她可怜,便走过去支走了保安,把她带到了酒店门外,买了一瓶水给她喝,给了她五十块钱,顺便跟她聊了聊天。细看发现她其实很年轻,原来她二十岁不到,但已经是两个孩子的母亲,大女儿三岁,小女儿一岁。

"你来这里做什么?"

"找我爱人。"

"你爱人?"

"我孩子他爸。"

"哦……他在这个酒店住吗?"

"不,他在后厨帮工,学炒菜。"

"给他打电话吧。"

"他不接……"

"那就没办法了,你回去吧,各有各的命数。"毛呢男人安慰她。

女人踯躅怅然,说婆家嫌弃她连生了两个女儿而不是儿子,对她冷脸相对,没有人帮忙看护孩子,没有钱给孩子看病,靠她在镇上摆地摊勉强有一口吃的。她今天进城辗转打听到丈夫打工的酒店,就想问问他手里还有没有钱给小女儿看病。"我的小女儿发着高烧……一直哭,镇卫生院的大夫说高烧退不下来就得转到县医院,可是我身上没有一分钱……他不肯见我,说见了没有用,他的工资还没有发下来……"她含着泪,五十元钱被她在手心里攒得紧紧的。毛呢男人见不得女人流泪,大方一挥手说:这样吧,我再给你一百元吧。

保安望着她匆匆走远的背影说:她骗人的呀,根本没有这回事,她没有孩子。

裁缝听到这里揪心不已,她皱起眉头,用拳头捶着胸口不停地叹气,说不知道她和她的孩子们后来怎么样了,有没有顺利长大,如果是假的反倒好,希望她是个骗子而已。毛呢男人在回忆中唏嘘不已,二人慢慢走过万子桥,打算顺道去裁缝铺看看。裁缝本是一个无趣的人,没什么有趣的见闻可以分享,但偶尔也听过一些稀奇的事。例如几年前,房东后曾经跟她八卦过一个模样永远只有八岁的游客,从小在树上睡觉,一点儿不显老,来夜黄兜兜转转想找零工做,可没有哪个老板肯雇她,"不知道的还以为老板使用童工呢,麻烦就大了。"后说。

"长不大该多好啊,可以永远年轻。"裁缝羡慕得口水滴答。

如果可以换,她表示愿意拿仓库所有的布跟那个女孩换这项特异功能。她的布是她的全部家产,尽管经过几个月前的洪水已损失了一半,可是还有不少呢。毛呢男人笑眯眯地没有说话,只是搀扶着她小心看路,任她嘴里东扯西拉。

裁缝铺门口,木金花依着门槛一边嗑瓜子,一边跟卖蚂蚱的干瘪老头调笑:"蚂蚱先生,你喜欢男人还是喜欢女人?"

"我喜欢大自然。"蚂蚱先生的境界一般人达不到。

"干吗不结婚?"

"婚姻是爱情的坟墓。"蚂蚱先生谦卑地说。

"错,明明是你没钱娶!"

木金花嘎嘎笑起来,露出牙床,转眼看见大肚子老板走过来了,立即合上了嘴,转身回店角落里看电视。电视里正播时事新闻,讲述被拐卖、出售的婴儿成年后的寻亲故事。蚂蚱先生看见裁缝走过来,朝她按传统文化欠了欠身,又抬手敬了一个外国军礼,中西结合地向她问好:

"好久不见您了。"

"蚂蚱先生您好!"裁缝变友善了,孕激素改变了她,以前她从来不搭理蚂蚱先生,也没有买过他兜售的草编蚂蚱,她不像同行皮日休那个自以为是的大城市女人那样对他恭敬礼让。在裁缝看来,凡是厌恶金钱的人都不会是靠谱的人。最近好几个月没见蚂蚱先生出现了,人们说他离开夜黄去了其他地方,"您回来啦?还是觉得我们夜黄好呀。"

"是呀,巴朗不好,太阳晃得我睁不开眼。"

"回来多久啦?"

"有一阵子了。"

"您找我有事吗?"裁缝问他。

蚂蚱先生连忙朝她又欠了欠身,连忙说没事没事,拎着几只蚂蚱失落地离开了。没有讨到饭钱的蚂蚱先生在街上漫无目的地晃荡,希望能吃上晚餐。

裁缝的肚子越来越大,毛呢男人经常不见踪迹,在各个城市之间飞来飞去。他像所有热爱思考的人一样热爱独处,即便在夜黄,他也会抽出时间去杜鹃山走一走,抽抽烟,观看地上的蚂蚁搬家、娶妻、为争夺巢穴而发动战争,躺在坡上看云,想一想这一生中美好的事,杜鹃花便落满了南山。不过最近他爱上了挖坑,在南坡浓郁的树丛里,藏匿着一把他放置的铁铲,他早早选好了一个隐蔽之处,树木密集,地势相对平整,上方有高高的老杜鹃树冠,左右有茂密的新枝,中间掘一个长方形坑,便是极好的。

一天挖一点,挖多少随他的体力或心情。

坑多大,怎么挖,地表种什么颜色的花,他早就计量好了,像裁缝量体做衣,保证不多不少、不左不右刚刚好。他在挖坑的时候不由自主地回忆往事,记起许多次的初次遇见。无论是遇见人、遇见树、遇见事,他发现这些遇见并无不同,缘起缘灭,万物终有定数。他还发现裁缝其实是一个特别有意思的人,有一回他有意问她：你为什么要把衣服缝得这么不老实？她说：是为了表达愤怒。

表达愤怒？

是呀，她说自己每天一起床就有气，看这个世界哪儿都不顺眼，有气就得发作，就跟狗炸毛、猫竖起尾巴的道理一样。情绪终究得妥善地表达，诗人用诗句，画家用颜料，裁缝用布料，再自然不过了。如果一个人连表达愤怒的方式都要掂量与权衡，还活着干什么？！她振振有词。

"那你能不能做些正常的衣服呢？正常的东西才好赚钱嘛。"

"不能！"她坚决地说。

穷人的魅力在于坚守，认准一个无价值的事物，然后一生守候，大概是觉得过程特别有意义、有仪式感，奢望本来无足轻重的生命借此得以救赎。裁缝除了做衣服，母亲死后，她还热衷去市政府堵门，用深蓝色麻布缝了一件款式张扬的寿衣，捧在手上，想送给主管市政拆迁的领导。领导是个清官，人家不收老百姓的礼，再三推辞不受。她坚持不懈，拦在车前大声问车里的领导，是不是嫌寿衣的款式不好？她可以修改。尺寸不对，她也可以调整。总之，保证让领导合体又舒服。

警察把她按在地上，送她去拘留所关了几天，吃得白白胖胖。

自从知道了裁缝的父亲只是一个靠借债度日的开货车的年迈司机之后，毛呢男人对她充满了爱怜。

"我的囡囡,你受苦了。"他对裁缝说。

裁缝抱着他的胳膊不说话,像考拉抱着树杈。

不过,毛呢男人也慢条斯理地对她说过:"你想过什么样的生活我可以给你,像我这样体面的人,我有这个能力。但是你不能老是缠着我问个没完,问东问西,问我的家在哪里,我的房子在哪里,什么时候跟我去看看。这样不好,不礼貌!我对于不礼貌的女人同样会不礼貌——你知道吗,不礼貌像喷嚏,是会相互传染的。"

裁缝临产的日期近了,毛呢男人的坑也快挖好了。

他不想让自己那么累,一点点挖掘推进的过程让他有充分的时间追忆过往。他想起自己很年轻的时候就稀里糊涂地做了父亲,家门前有一棵桂花树,小女儿名叫春香,大女儿梨花不知所踪,他离开家乡时她们尚未成年,关于她们后来的消息,他知道的并不多,若再见面,恐怕彼此已经不认识了。

很多年前他真心爱过的那个女人,此刻穿着她喜欢的鱼裙躺在几步远的地下一米,身上种满了黄杜鹃。他想起当年一点点铲土往她身上浇的过程,她脸上一副悲天悯人的表情,在坑底徒劳地挣扎,胶布让她说不出话来。

没关系,我说你听着就行。他当时跟她聊天,东一句,西一句,叫人觉察不出悲伤。

聊天是他当厨子的时候练出的本事。

那时候月光明净澄澈,他还不老,摆明了这是最好的时光,他一边浇土活埋她,一边嘴里唠叨:生命是过程,你体会过,不能不买单吧。

☽

第二回

罗不不

　　巴五的母亲那一年三十岁,见过她的人都说她瘦得像一株干硬的梅花,手指枯瘦而有力,可以像吸盘似的抓住树干,支撑灵活的身体,很轻松地攀上高大的核桃树,也可以拎起巴五像拎一只小鸡。

第二回

想不不

放鹰才是世界上
最好的乐子

我认识一个奇怪的青年,靠在夜黄小城里东游西荡打些零工过活。他有着长长的头发,时时低垂在黝黑的脸旁。有时候,他也会像这个少数民族聚居的小城里许多当地的小青年一样,模仿从大城市涌来的汉族人的打扮,穿全套户外防水登山衣裤,从石板路上熙攘的游人中目不斜视地走过,好像刚刚爬完哈巴雪山似的。事实上,他只是刚从租住的小房子的床上爬起来,穿过歪歪扭扭的石板路去一家蛋糕店上班。每天上下班经过我开在河边的小饭馆门前,会朝我礼貌地笑笑,或者点点头算是打招呼。如果时间充足,他会闲散地慢慢溜达,坐在小饭馆门前的石凳上跟我有一搭没一搭地说几句话,顺便等候终年不见的阳光,事实上可能永远也等不来了。有时候累了,他就躺在石凳上眯起眼晒想象中的太阳。天空灰白,月亮不分白天黑夜,像患有青光眼的老人眼珠,直勾勾瞪着大地。

夜黄小城的太阳丢失了很多年,天永远雾蒙蒙的,树叶上沾染着潮湿的水汽,鸟儿悄无声息地飞翔,连叫唤的兴致也懒得有了。八十多岁的老人们有闲情时，便讲起那年——当时他们还年轻着的某一日上午，吸罢了水烟，不约而同去桥头放鹰，走着走着，太阳丢了。老人们说：真的，就那么丢了，丢了太阳的夜黄镇像一件洗褪色的旧衣裳。丢了就丢了呗，想晒太阳可以去香巴拉镇啊，骑马一天就跑到了，可是晒不到两小时保你头晕眼花。还是我们夜黄好哇！巴五也一样，他躺在我店铺门前的石凳上晒心中的太阳时，没觉得电视上的太阳对他有多重要。你瞧，没有太阳，我们的日子一样好过哇！有香甜的青梅酒喝，还有烟叶抽。我们也玩音乐，不是你们汉族人嘣嚓嚓、嘣嚓嚓、嘣嚓嚓、嘣嚓嚓那种，而是呀拉索呀卖大米啊。慢慢混熟了后，只要跟我讲起他失落的音乐之梦，巴五的嘴就没法闲下来。他一口气说很久的话，也不嫌口干，也不向我讨水喝。在没有太阳的夜黄，他紧巴巴、慢腾腾过着小日子，倒也清静自在。有时候他也学人家放鹰。放鹰不花什么钱的呀，同样是乐子，可是比泡妞省钱多了。他说。

　　他感叹：大城市的人哪里会明白，放鹰才是世界上最好的乐子！

　　鹰多好哇，靠好眼力早早选一只心仪的雏鸟，没多久，就扑棱扑棱长出漂亮顺滑的羽毛与花纹精细的翅膀，小眼珠儿滴溜儿转，嘴儿尖尖，飞起来翅膀摊得平平地打开……哇，像鹰一样飞出去啦！聊起放鹰，他的声音透着无限的欢快，有许多心得体会想跟我们分享：鹰最爱吃什么？鲜肉？鸭腿？鸡屁股？错！是猫儿。当刚生下来的小奶猫长到一星期时，肉是最鲜嫩的，最合鹰的好胃口。鹰捕小奶猫时，啧啧，那姿势，那动作，那才真叫一个潇洒啊！我们听不下去了，打断他说：巴五，你懂不懂爱啊？小猫也是生命，你怎么忍心让你的鹰去吃它？他笑起来，狡辩说：你们还要吃米呢，米痛不痛？你们咋晓得米不会痛、不会叫妈妈呢？经过顽强狡辩依旧没有得到理解后，巴五学会了转移话题，聊他新近从电视上看到的种种新鲜见闻。例如：相亲节目最好看了，上面的女人一个赛一个漂亮，可是裙子太短，难道她们不怕得风湿病吗？他嘿嘿笑起来。嘴闲一会儿，又说起来：喔喔喔，你们外地人真能找钱啊，钱全让你们外地人给找去了，你看，夜黄明明是我们摩西人的古镇子，土地是我们的，天空也是我们的，天和地之间的铺子与河流中的水都是我们的！可是又有什么用呢？你们外地人像蚂蚁围口水一样围过来，一夜之间租铺子开满了全城，最后，钱都让你们外地人给找去了。

　　当地人管赚钱叫"找钱"。

　　我雇佣的两名服务员，一个是外地人，另一个是本地人，叫呢呢花，都正是眼角飞飞的好年纪。她们觉察到青春漫长而苦闷，却又手足无措，于是热衷聊天逗趣。她们喜欢逗他说话，故意和他争辩说：我们胡美美老板找的是游客的钱，不是你们当地人的钱，游客全是外地人，是从大城市来的。

每次他争辩不过、被噎得说不出话来的时候，就起身要溜了，嘴里忙不迭地说：喔喔，你们两个好厉害喔，胳膊肘儿往外地人那儿拐，不晓得为我们本地人说话啊，真不够意思。本来我是想请你们两个美女去喝酒吃茶的，看样子我的钱花不出去了，谁叫我一直很忙呢。啧啧，美美老板娘，再见喽！

夜黄城是一只奇怪的音乐盒，里面住着各式各样有趣的人儿，他们自遥远的城市驴行至此，便不走了，每天像驴一样走来走去。自从巴五跟游客学会了"驴行"这个新词之后，生活有了很大改变。比如，他减少了蹲在地上喝酒的次数，在女人面前不再讲粗口，开始变得斯文有礼，努力像城里人一样走路。老牌的驴客爬过哈巴雪山后会连续两个月把行军水壶拴在腰间晃荡，来迎接比他们更天真的小资女人的注目礼。巴五不会这样做，他是夜黄乡下来的诚实孩子，真心喜欢穿尖尖的猪皮船形皮鞋，配一条有塑料质感的黑裤子和一件瘦小的花衬衣；脖子上挂着一个MP3，绳子连接着耳朵眼儿；手腕上戴着粗大夸张的象牙手镯和绿松石串，喜欢去与老城毗邻的新城八星街当地人经营的米勒歌厅闲坐喝酒。米勒歌厅开在八星街临水河畔，是巴五最爱去的地方。米勒可不是洋文音译，而是他们的方言发音，意指"美丽的女孩"。巴五喜欢坐靠门边的位子，望着人工河边的垂柳,慢慢摇着一罐名叫"风花雪月"的啤酒和一只搁在右腿上的左脚,幅度一致,慢条斯理得令人晕眩。

有时候,老板咕嘟会走过来对他说:巴五,你不能这个样子老是喝下去啊。

没事的,我的身体扛得住。

每当他这么回答,老板的脸色就好像刚被小猫没长好的小爪挠过一样古怪,就会凑过来在他耳边轻声说道:巴五,你不能老这样喝下去啊,你老这么喝下去,我真的受不了啊。

没事的,咕嘟,我受得了。你不知道吗?我一个人可以打倒好几个壮汉子,我的身体像铁打的似的,冬天可以到金沙江里去游水。以前在山上奶奶家的核桃园住着时,我一个人曾对付过三个偷羊人。这事儿整个山上的人都知道,你没听你的表姑妈说过吗?你表姑妈和我奶奶住一个村子,我坐在我奶奶种的老核桃树的树杈上,就可以看到你表姑妈家的灶台上的石碗里装着的烤洋芋……

老板为难地说:噢,巴五,我一直想说,你不能总是这样不付酒钱啊。

咕嘟,你没有为难的时候吗?我小时候我姥姥就说过,人不可能一辈子浮在金沙江上游,总会有被冲到猫跳峡的时候。言罢,巴五朝嘴里扔了颗花生米,眼睛眯成了一道细细的小缝,又灌了一口酒说:咕嘟,我只是喝酒,可是从来没有占你的位子唱歌吧？有人来唱歌你才有钱赚，而不是靠卖酒，何况这酒能值多少钱呢？你知道我弟弟很快就要从沿海大城市回来了，他有钱，他给我打过电话了。

河边的故事

他的确有一个弟弟，名叫巴六。

每次他在我的小饭馆门前闲聊起他弟弟巴六时，两个服务员小姑娘总是笑得上气不接下气。她们说：巴五，为什么你弟弟会叫巴六呢，是因为你的名字叫巴五吗？或者说：巴五，如果你还有一个弟弟，会不会取名叫巴七呢？甚至还会说：巴五，如果当初你妈妈没完没了地生下去，是不是会有巴七巴八巴九巴十呢？巴五不生气，他脸上笑眯眯的。只要说到和他弟弟有关的任何话题，他都是笑眯眯的。父母去世多年，他也说不明白为什么自己会叫巴五，弟弟会叫巴六，而前面并没有一二三四，像两个高音突然冒出来，缺少了前奏。

有时候他会很神秘地向我亮出一小块奇形怪状的木雕，或者是一支牛骨发簪，说：美美老板娘，卖给你吧，这是我妈妈留下来的，我妈死很久了，这东西很值钱的，也适合你用。以后你没钱时，也可以像我一样卖掉它。哦，150元怎么样？

我会说：巴五，这东西人人都知道只值10块钱。

他嘻嘻笑,满不在乎地走开了。当然过不了几天,他又会冒出来,像变戏法似的从身上某个角落里摸索出另一个小玩意儿,故作神秘地先卖关子:大家看好了,我巴五当你们是朋友,所以才让你们开开眼,请看这里——这是什么?一只戒指!他开始了对这只戒指的颂扬:哎哟喂美美老板娘,你真是名如其人哇,你人美眼睛毒,这可是一只货真价实的老银子戒指,上百年的老货了,你注意看看它的花瓣中间有一个空空的洞,原来是镶嵌有一颗暗红色宝石。你肯定也听说过我们家过去曾经有多风光,我姥姥的姥姥年轻时在茶马古道开过客栈……暗红色宝石被我妈妈有一天到金沙江捞小鱼时丢失了,听说妈妈为此哭了很久……哦,它是我从我姥姥家偷来的。啊呀,不能算偷,这么说吧,是我姥姥自愿给我的。对,就是自愿!老太太当时一边挥舞一根烧火棍,一边追着我的屁股喊:"你这个该死的野兔子,既然你拿走了我的宝物,最好在我没有找到猎枪打掉你的下巴之前你就快跑吧,有多远跑多远……"瞧瞧,这不是自愿是什么?

我说:巴五啊,赃物白送我们都不要。

巴五的脸上马上就没有了笑容,收起戒指,小心地藏进怀里的口袋,转身就走。

我们叫住他,说:巴五,不要生气,你应该听得出来我们是在跟你开玩笑呢。

那天巴五还是头也不回地走了，怀揣着早已遗失了戒面的旧戒指，顺着门前的五花石板路，穿过一个堆满臭鱼烂虾的菜市场，往新城蛋糕店上班去了。

我们猜测他那天生气的原因，是我们无意中亵渎了他对母亲的怀念。事实上他后来也是这么说的：美美老板娘，你们笑话这只旧戒指，伤害了我对我妈妈的感情，她死很久了还经常托梦给我，希望我把它卖个好价钱，我妈妈死去很多年了。

很多年是多少年？

很多年就是很多很多年啊！

过不了几天，他又来了，含一嘴没来得及咽下的即将过期的蛋糕，身上散发着人造奶油与食用香精混合后的甜蜜气味，坐在我的店对门的石板上，仰着脸对着青灰色的天空。不一会儿，毛茸茸的雨丝便沾满了他脸上的毛孔，他的脸像一只挂了霜的初冬果子。巴五嘴里还念念有词：我在烤雨呢！这鬼天，听夜黄城上了年纪的老人说，这地方以前可不是这样的，以前的太阳可大啦，日日夜夜照着人的眼，晃得眼睛都睁不开，把什么东西都晒成干——地里的白菜晒成白菜干，桌上的豆腐晒成豆腐干，门前的狗晒成狗干，园里的核桃晒成核桃干，街上的人晒成了人干，河里的鱼晒成鱼干……啧啧，听他们这意思，好像有太阳天天照着也不是好事。对嘛，成天毒太阳照着，连夜晚都没有,哪是人过的日子?一点儿也比不上我的家乡金沙江边,既不像夜黄现在这样日日下雨淋得人浑身长绿毛,也不像夜黄以前那样天天毒太阳把人烤成肉干。而是刚刚好,有日有夜,白日里,软乎乎的太阳光照耀在金沙江上,河流像闪闪发光的金子,鱼在金水里跳来跳去……不用我们捉,想吃时,它们会自动跳到砧板上来,等着人刮鳞。

我挤对他:鱼儿们还是不够体贴,干吗不连鳞都替你们刮好了,再跳上砧板让剁呢?

那倒没有哦。他嘿嘿笑了笑,厚着脸皮不理会我的揶揄。歇了会儿嘴,他又开始了家乡颂:说起金沙江边的风景,那叫一个好啊!特别是石头城我姥姥家的核桃园,紧靠着江边,有一道门通向江边的沙滩,我和我母亲经常走过这道门,到江边洗衣服。

你母亲去世时应该很年轻啊。

是啊,我妈死的时候三十岁刚出头,那年我整十岁了,我弟弟巴六八岁零一个月。说起当时的情景,巴五一脸满不在乎,但是他讲得很耐心,唯恐放过任何一个细节——当时天很热,姥姥说核桃园里的草也该除除啦,否则长得快有树高啦。我妈妈就领着我和我弟弟一起去铲草。我们在园中的小屋里简单吃了几颗烧熟的洋芋,就开始干活了……在巴五的记忆里,那一天的太阳特别温柔,暖融融地照耀在石头城深谷下的江滩、树木、田埂上。河水在不远处泛着金色的光芒，沙滩细软绵白，远远望去，像一只大枕头，看得人只想躺上去，美酒也不想喝了。他母亲一边铲草，一边还数落巴五砍得太急了。她说：巴五，你这样不对，这样会伤到手的。巴五扔下铲刀，和巴六约好各自抱头从一个高坡上滚下来，看谁最先滚到终点。这样的游戏持续到下午3点左右。园外响起了一个男人的声音，是巴五的父亲。他正和姥姥说话，数落这天气暖烘烘的，让他的头皮一直发痒，身上也长满了痱子，痒得难受，不挠难受，越挠越难受。

  姥姥建议他采些开蓝花的草叶子煮水喝下去，包他百病全消。

  巴五的母亲那一年三十岁，见过她的人都说她瘦得像一株干硬的梅花，手指枯瘦而有力，可以像吸盘似的抓住树干，支撑灵活的身体，很轻松地攀上高大的核桃树，也可以拎起巴五像拎一只小鸡。她大约想就墙外的对话发表意见，便停下铲草的活计，丢下手中的铲刀，擦了把汗，向园外走去。开始只是说话，甚至有些笑声传来。慢慢地，墙外的声音变得尖锐而快速，声调忽高忽低，男人的低吼与女人尖锐的喊叫骤然交织在一起。看样子两口子聊得很不愉快，也不打算再聊下去了。眼睛红红的母亲从园外冲进来，差点踩到在草地上打滚的巴六。她嘴唇紧闭，愤怒地推开欲抱住她的小腿的巴六，径直向核桃园通向金沙江的后门跑去。紧跟后面跑进来的是怒气冲天的父亲，手指着她的背影一边跑一边叫：

你在想什么？说得出口吗？

门闩被她拉开，她跑到了江边，踩着细软的沙子。父亲很快也追上了。远远地，巴五看见父亲抓住母亲的头发，拖着她的身子，一直拖到江边的岩石上，用力踢她的肚子，还跳上去踩踏，像小女孩在捶打自己的布娃娃……巴五的姥姥是一个面孔文满了青黑色斑点构成的奇怪符号的苍老女人，密麻麻的青黑图案遍布全脸，像坏天气里停驻在沙漠中的战斗机群。那天她没理会江边传来的打闹哭泣声，她一边捆扎草垛一边自言自语：男人哪有不打女人的啊？打着打着就好了，打着打着就老了，老了就不打了嘛，打不动了嘛。过了一会儿，父亲停手了。刚挨过打的母亲披散着头发，站在江边岩石上抽抽搭搭哭，脚下是湍急如漩涡状的江水。

父亲蹲在她身边，勾着脑袋叹气。

巴五回忆说，当时他朝他俩走过去，想问问这草也铲得差不多了，是不是可以收工了。眼见岩石上蹲着的父亲站起身来，大约是蹲累了，他伸了伸腰，然后轻轻将跪在旁边哭泣的母亲推了一把，像风摘掉一片树叶，又像用嘴吹面条的热气，毫不费力。母亲一声不吭地跌进江里，很快被激流卷走了。父亲勾着脑袋盯着江面看了又看，确定她不会再出现，这才又蹲下来，从口袋里掏出一包皱巴巴的卷烟，弹出一支，叼在嘴里，摸出火柴"刺"地点着了烟，眯缝着眼儿舒坦地抽着。忽然，他转过脑袋对身后沙滩上浑身发抖的两个儿子说：

"我饿了，好想吃个地瓜干！"

不过只是说说，巴五的父亲也没有非要吃到嘴不可，他麻利地抽完了手中的烟，灵活地跳进了湍急的江水，像一条着急产卵的金枪鱼，扑通一声游进了金沙江的深处……巴五说，那天他们兄弟俩在岸上一直坐着，眼睛盯着江水一直坐着，直到日落。第二天又来坐着，眼睛盯着江水、啃着干粮坐着，日里来夜里去地坐着。坐了一星期，也没有看到他上岸。

从此再也没有上岸。

罗不不

巴五呢，我们有一个多月没见到他了。

饭馆里的两个服务员也寂寞了许多，她们闲下来就讲他的坏话。呢呢花说：那个巴五，前几天听他的哥们儿木美玉说，巴五这阵子不泡新城八星街的土歌厅了，改天天泡在旧城的酒吧钓女游客，每天只花10块钱要一瓶小酒喝着，四处瞄着……传言巴五已经丰收了，交了一个来自深圳大都市有钱又有本事的女朋友，整天形影不离，上街买菜也要十指环扣拉着手走路。现在准备做一个好学上进的有为青年，没事就在家跟新女友学洋文、学电脑技术，很少再出来跟兄弟们一起胡混了。他的哥们儿咕嘟提起他，羡慕得牙齿都发蓝光了。自从交了新女友，巴五再也没有去他那儿骗酒喝，咕嘟反而不习惯了。

转眼就入秋，游人渐渐少了。

巴五总算又出现了。

我有女朋友啦。他说。

巴五下巴上的胡子楂刮掉了，神气活现，新换上了一套深蓝色西装，袖子有点长，他往上挽了一圈。怎么样啊？老板娘，我这身衣服还行吧？他问我。手里还提着一个鸟笼，里面装着一只吱吱乱叫的绿毛红嘴的怪鸟，鸟儿上下扑腾，很不情愿的样子。他管它叫"儿子"，拿小米喂它。他指着笼中的小东西对我说：罗不不最喜欢它了，她喜欢的东西，我就喜欢。罗不不说她恨透了城市，她喜欢我们摩西的寨子，但是她没有去过，只是从电视上看到过。

　　罗不不是他的新女友的名字，像林志玲一样漂亮，像林志玲一样人高马大。不过说话和林志玲有差别，林志玲讲话像患了感冒，而罗不不是健康的。罗不不生气的时候，说话像愤怒的机关枪，哒哒哒哒……哒哒哒哒……射穿声波能到达的所有耳膜。高兴的时候，所有的语字音节有如脱兔，醒目而准确地扑向远方的胡萝卜，敏捷而干脆。说起我们未曾谋面的罗不不，巴五来了精神头，眉飞色舞地讲述当时他们初次相识在酒吧的情形，时不时把两个店小妹笑得前仰后合。在他嘴里自己是一个勇敢的小伙子，那天夜里，看准了对象，决定上前试试，先提着一瓶酒猛灌了自己一口，趋上前稳稳坐在她面前，只是用电视里学来的一句话就带走了她。他说：美女，想陪我一起看星星吗？

　　我们说：哇，厉害呀，金沙江边夜里星星多，你应该带她回家看看。

他歪着脑袋看了看天，天上飘着细雨，活动了一下脖子，有点洋洋得意:喔，美美老板娘，这还用你教？我跟她是真爱呀，当然样样都替她想到——城里人喜欢原生态嘛，这一点我特别自信。我都跟我的罗不不讲啦，我说亲爱的，我没有金、没有银，但是有一颗金子般的心以及原生态。你瞧，她跟我认识一星期后，啧啧，真的只有一星期哦，她就飞回深圳辞职并卖掉了大房子，立即又赶回夜黄来找我，这回她是不会再走了，而是说要陪我待在夜黄一辈子呢。我们早就商量好啦，过几天我们就一起开车去我的家乡让她开开眼。我忘了告诉你，我家罗不不可是有车的人啊，人家原先就是开着豪华汽车来咱们夜黄城旅游。我打算过几天就带她去金沙江边我姥姥家的核桃园玩玩，她肯定喜欢。

巴五，你好福气，找到这么能干的老婆。

他让我们夸得有些不好意思了，黑脸蛋上浮起枣红的云，害羞地说:喔喔，是的呢，我们摩西男人的福气向来好，你瞧，我小学没毕业，人家是大学毕业生，显然，我上辈子一定救过她的命呀……不过你们这么一说，我还有点不好意思呢，因为我昨天晚上刚刚还打过她。嘿嘿，当然我并不是有意的，我当时喝了点酒，只喝了一点点，真的，就一点点，她就说个不停，给我上课，教我怎么做人！哈哈，你给评评理，她这不是找打吗？我只是用椅子打了她几下，就跟挠痒痒差不多——椅子腿儿打断了。她从地上爬起来，就穿着睡衣跑到街上了。我当然得跟在后面追啊，她跑我就追，我追她就跑……我跑了一小会儿，让冷风一吹，清醒了好多——我在街心向她跪下来道歉，她抱着我哭了，眼泪咸咸的，滴落在我脸上。

巴五哼着小曲儿走了，鸟笼一晃一晃的。

走老远了，我还听见笼中的古怪小东西在吱哇乱叫。

核桃园的一个下午

早晨，呢呢花在菜场买土豆，正挑着拣着，巴五神气活现地出现在菜场路边，胡子刮得干干净净，发型梳成了最新潮的尖状鸡冠头，身边还挽着一个瘦瘦的大个子女人，即传说中的罗不不。这女人佩戴着一套细得几乎看不见的精致的白金首饰，穿一身名牌运动服，抽着一支烟，正朝天空吐着烟圈。他俩身后还紧跟着一个瘦弱、一脸痘印的深沉青年，整个人瘦成了一缕烟，随时会飘走似的，斜挎一只真皮包包，嘴里咬着一根没有点燃的烟，神情很忧郁——哦，巴六回来了！黑沉圆实的大眼睛胖姑娘呢呢花在他眼里立即成了天使。

巴五，你也来菜场买菜啊！

我不买，我的罗不不想让我陪她来这儿参观一下。

菜场有什么好参观的，又不是公园、寺院。呢呢花想不明白。只见罗不不朝天吐完烟圈后，低下头，眼睛死死盯着呢呢花手中的土豆，眼圈慢慢红了，湿了。呢呢花吓坏了，结结巴巴地说：姐姐，你要是喜欢，这儿还有一大堆，你可以挑一筐回家慢慢吃……那天早晨，罗不不对着一筐土豆掉了几滴泪，她说土豆太美了，像大自然一样美。呢呢花被唬得不敢发笑。罗不不最后把眼睛眯起来，抬起头望着天空，应该是想把眼泪倒回去。

巴六很快跟呢呢花混熟了，还约她一起坐罗不不的汽车去金沙江畔姥姥家的核桃园玩。

没过几天，四个人就出发了。那天早上他们走得很急，呢呢花说，当时她还有许多东西没来得及买，比如路上吃的红豆糕、拍照用的眼镜，就急急地钻进了罗不不的高级轿车。这是她生平第一次坐汽车，她开心得像一只突然长出了翅膀的跛脚鸟，与巴六并排坐在车后座，笑嘻嘻地东瞅西看，时不时把脑袋伸出车窗外，看着雪山逶迤，快乐得不得了。嘴里发出"啊啊啊"的叫声，声音被疾驰而过的风卷走了，远远抛在了身后。罗不不开着车，握着方向盘的手和身体一起跟随车载音乐的节拍而抖动。汽车在山峦间穿行，音乐放到最大，四个人一起跟着歌词放声歌唱。巴五唱歌的时候，声音动人而深情，时而像悲伤的雄鹰在山峦阴霾的上空盘旋，时而像细雨中的雏鸟软弱而惹人怜惜，总之，一点儿也不像个恶棍。

他嘴不停歇，用摩西方言一口气唱了五支歌儿，没有一支是罗不不听得懂的。不过，听不懂才好呢。

太快活了，真令人不安啊。

呢呢花的这个说法与巴六的感觉一致，那次从核桃园返回夜黄之后的第二天，他俩争先恐后地对我表达了各自的感受，一口咬定是因为一路上又唱又闹太快活了，把好日子透支完了，就会遇上坏日子。照他们的意思，老天爷允诺的好日子本是有限，得像钱一样省着花，不能一下子太快活，否则有灾。巴六本来是个沉默寡言的酷小伙子，从核桃园度过了一个下午回到夜黄小城之后，却变成了一个碎嘴的老太太。据说他出于对丰腴可爱的呢呢花偶然的兴致，从核桃园回来后至少不下五次"碰巧路过"，进饭馆里来讨杯水喝。端起茶杯就不肯走了，屁股像被502焊死在椅子上，嘴比他哥还碎。他生得干瘦，脸颊没有肉，眼珠深陷在灰色的眼窝里，被长长的睫毛覆盖，像被杂草掩蔽的枯井。有时候枯井会突然注满了清泉，比如刚好聊到他感兴趣的话题。他平时见了我很客气，抬头第一句肯定是：

胡老板，你吃过了没？

我一般说我吃过了。谢天谢地，他一般不会追问我吃的是什么，而是直接切入他的生意经：现在这世道你是知道的，没钱不行啊。说起我姥姥家的核桃园嘛，绝对是个赚钱的好事业，只要树种得好，果就结得多，就不愁卖不上好价钱。我姥姥年纪大了，她指望我不外出打工，回来接管园子。这主意倒是不错，虽然我讨厌那个鬼地方。你是知道的，连个游戏厅都没有的地方我是交不到女朋友的，因为交女朋友要用真心（我想打断他的话,插问"游戏厅、女朋友、真心"彼此之间的关联,但被他摆摆手制止了)。我小时候在园子里长大,那年我爸妈死的时候,我还没桌子高呢。如果他们活着,肯定希望我能回来,把核桃园经营得有声有色,再娶个老婆,给他们添几个孙子,在太阳下的江边晒鱼干,像他们那样过一辈子。

这样不好吗?巴六,过日子嘛,都是这样的。我说。

不好。

他不说哪里不好,也不说怎样才好。比起日日艳阳天的金沙江畔,他似乎更喜欢没有太阳的夜黄城市。我事后悄悄叮嘱呢呢花:他不喜欢过日子,这可不是个好讯号。巴六有个坏毛病,就是喜欢借着酒劲儿胡说八道。有一回,他提着酒瓶到处找人聊天,晃荡到我店门口,躺在他哥平时爱躺的石凳上,嘻嘻笑着。我说:巴六,少喝点,喝多了不长命啊。

他哼了哼,朝地上吐了吐口水:胡老板,你胡说什么!人不喝酒也要死的,我爸从来不喝酒,还不是照样死了。

的确,是人都得死。

巴六躺在那儿直哼哼,嘴里胡说一气。大家听得都哈哈笑起来。他可不管大家怎么笑,灌了口酒,接着又说:哎呀呀,我记得好清楚啊,那天夜里,我爸回到家就对我说想喝水,让我去打一瓢水递给他。我端着水瓢,被我妈推开了,她手拿一把大铁锤敲一下我爸的头,一下子就让他躺在地上了,血从他的脑门喷涌出来。我妈用双手提着他的肩膀，拖动他的身子，一直拖到水缸前，然后像拎一只小鸡一样拎起他，头朝下插进水缸里……我爸突然醒过来了，于是拼命挣扎，但是被我妈死命按住。我站在水缸边哭，她也不搭理我。直到我爸不再动弹了，她才松开手，她把他驮在背上，慢慢扛出去了……一直扛到江边，扑通一声丢进江里了。我妈坐在江边歇了一小会儿，也扑通一声跳下去了……我孤零零地站在江边大声哭，一直哭，可是我妈还是变成一条鱼，游走了……再也没上岸。

大家笑得东倒西歪。可是巴六的脸已经让泪水和鼻涕糊满了。

她想搞身份歧视

呢呢花说,中午在路边吃的那顿午餐太难吃了。

车离开夜黄100公里左右,慢慢就见着了久违的太阳。金子般的阳光从云层里透射出来,洒在大地,镀在车窗边缘。巴五乐得嘴都合不上,他伸出手在车窗外晒着,嘴里念念有词:哎么么,夜黄的细雨让我身上长满了绿毛,是该晒晒了。罗不不提议大家先吃饭,因为她饿了。车于是停靠在峡谷不远处的路边餐馆。罗不不说,这顿中午饭她请定了,希望大家不要跟她抢。不过她显然多虑了,应该不会有人跟她抢着付饭钱。菜上了桌子,巴五与罗不不用筷子夹着菜,你一口我一口相互喂着。没喂几口,罗不不突然站起来,用纤纤的细手指捏着一盘菜的一角,端起来递到餐馆老板娘面前,说:猪肉应该吃起来是香香的,只有人肉吃起来才是酸酸的。你这不是猪肉,是人肉。如果不是人肉,就是放臭了的猪肉,臭猪肉才是酸的。

肥胖而黝黑的老板娘兼厨娘像老猫被踩了尾巴一样跳起来,一把夺过菜盘子,嘴里唠叨:城里来的人名堂真多啦,吃不惯我们摩西人的伙食就不要来吃嘛，又没人请你们来。话虽这么说，她还是乖乖给换了一盘菜。罗不不刚吃了没几口，又拉长着本来就很长的脸，不高兴了，用筷子挑着新换的菜，指给巴五看：瞧瞧，这菜叶没洗干净。

巴五的脸顿时也拉长了，闷头吃了两口，就伸长了脖子对在厨房忙碌的老板娘叫道：有酒吗？

有有有！肥女人旋风般提着两瓶本地产的杨梅烧酒跑出来。巴五正准备开启时，罗不不伸出手挡住，娇滴滴地尖声说：亲爱的，你怎么不听话呢？这不可以，喝酒会让你的胃与肝受到伤害，让你变得不美好，让我不开心，不喝了好吗？

巴五梗着脖子，接酒的手只得缩回来。

胖厨娘气呼呼退回厨房，拿菜刀在砧板上故意剁得咚咚响。

四个人草草吃完饭，罗不不发动汽车继续前行。临到岔路口，她问巴五朝左拐还是朝右拐，巴五还攒着刚才没喝到酒的气，没好气地说：你随便拐，反正拐错了我就揍你。罗不不的粉脸顿时下了一层霜，捏着方向盘，慢条斯理地问：巴五，我是不是给你脸了？！

巴五顿时失望不已，他觉得跟她在一起没准是一个错误，这个女人实在太麻烦了，远远没有夜黄黑胖的小姑娘们可爱。而且他最烦人家跟他谈脸，谈他没有的东西，这是病，是病就得治！拿啥治？办法当然不是没有，女人这东西得经常打，打打就老实了，就不会成天跳脚找男人谈脸啦。既然这么想了，他就照直对她说了：不不，我想打你的脸！你信不信？

罗不不一脚踩在刹车上，睁圆了眼睛看着他，伤心地说：巴五，你敢打我一个试试！

试就试。

既然得到了邀请，巴五也不客气，"啪、啪"两耳光，毫不迟疑地扇在她的脸上，沾了一手粉底。然后眼看着她捂着脸，拉开车门转身向路边的树林中跑去。人跑远了，他们才听见林子里传来号啕。三个人静静地坐在车上谁也不说话。巴六一脸苦相，打开手机听歌。巴五顶不爱听这些闹哄哄的歌，就下车去找罗不不。他想这女人也该号够了，得把她叫回来，赶紧开车上路。

几分钟后，他俩相依相偎着上车，罗不不脸上的泪痕未干，但是已破涕为笑。

核桃园里，巴五的姥姥已经老得不成样子，躺在园中木头构建的房子里的一张皱巴巴的床单上，身边胡乱搁着一堆旧得发黑的被褥。仔细一看，上面还细细描着蓝色叶片状的花纹。见来了客人，她分外高兴，露出黑黄的残存的几颗牙，乐得嘿嘿直笑。她一骨碌从床上爬起来，像一只灵活的老猢狲几步就窜过了门槛,奔向另一间类似厨房的小房子,拎出一只黑乎乎的长嘴铜壶,灌满了水,架在屋子中央的火堆上烧水泡茶。忙活完了,她这才拉着巴五的手,坐在火堆边哽咽不止:巴五,我快死了。

姥姥,你身子骨结实着呢,死不了。

姥姥说:我往年能吃能睡,一天能吃五顿。现在一天只能吃一顿,吃多了就肚子胀。

巴五劝她:那就不吃好了。

不吃心里难受啊。

罗不不兴奋地在屋子里转来转去,用手摸了摸积满尘土的木制农具,刚才还红肿的眼睛顿时有了神采。她走到屋外,兴奋地用手拍打着一棵核桃树的树干,从包里掏出相机,认真地对准草丛、树干、树影、天空、果实、花儿等等拍个不停,一边拍一边笑着说:太美了,巴五,我真是爱死这地方了!巴五无精打采地坐在围墙上,看着她折腾。他想,这有啥好拍的呢?这女人的脑子坏了。

我看她的脑子病得不轻哪!巴五忧心忡忡地跳下墙,对呢呢花说,咱们得离她远点。他取出姥姥屋子里藏着的猎枪,叫上呢呢花:咱们现在一起去江边打鸟玩,打下来晚上烧着吃……呃,江边的沙滩上经常有一种白色的大鸟,喜欢散步,翅膀白得发光,脖子伸得老长,嘴巴红得像宝石,眼睛转来转去滴溜溜地看着人……我以前吃过，长脖子白鸟味道还不错。

鸟打来了。

哎，亲爱的，这是你打死的鸟？你真狠心呢。罗不不的脸像刚被鬼捏过，皱成了一只碱放得过多的没熟的馒头。她提着血淋淋的小东西举到巴五面前，语气很遗憾："你杀它之前，有没有经过它的同意？"

巴五咧着大嘴笑得直喘气，说："不不呀，好心让你当了驴肝肺，这东西吃起来很香，很滋补，女人吃这种鸟是最美容了，你不想尝尝？"说到美容，罗不不来了兴趣，兴味盎然地问："哇，真的假的？"得到肯定答复后，她高兴地表示，晚餐她什么也不想吃了，只想喝汤，用这只鸟炖山药，外加三七、枸杞、当归等物。说到炖汤，她有许多经验要与大家分享：盐才是最关键的一步，放早了不行，汤不鲜美；放晚了更不行，盐味漂在汤水表面而不入肉味，口感打了许多折扣。

呢呢花说：要这么炖，多麻烦啊。

不麻烦不行啊，不能光讲口感，而是要讲究营养。营养全在汤里，汤的鲜味，是靠盐来提，放盐的火候得把握精准，这样口感才会好，而且营养也好！罗不不的手在火塘上空比画指点着，给了许多意见。巴五感到索然无味，一点儿也不想听她讲如何炖这只鸟。他打着哈欠站起身，想走到园中的草丛里躺会儿，由着她俩先拍照，等拍够了也该开车返回夜黄了。罗不不瞅着他，嘴里说：喂喂，你这又是怎么啦？

巴五无精打采，说他想回夜黄，这儿不好玩。

罗不不点燃一支烟，对着木屋的破顶吐了口烟圈，说："没意思的农民。"

巴五听了很不高兴，他真想抽眼前这女人一耳光，让她瞧瞧本地男人的厉害，以后嫁过来说话做事才晓得分寸，于是作势扔掉手中的茶碗，猕猴般跳起来，厉声问："你说什么？你给我再说一遍！"

罗不不不理他，晃着脑袋站起身想往外走。巴五上前就想踢她，她闪得快，丢掉烟蒂就往前跑。她当然跑不过巴五，在跑出100米左右的位置被他扑倒在草地上。身后传来姥姥在屋内的叫骂声，骂他是个不成器的东西，这是城里来的金贵媳妇，哪是你打得骂得的？巴五当然听不进去了，这会儿正在气头上呢。他一把将她从草地上拖起来，揪着她的头发，对准她的鹅蛋脸麻利地左右开弓抽了十多个耳光，直到打得她嘴角开始流血，这才松开手，任由她倒在地上装死，径直走开了。他打得手发软，累得一头汗，一边走一边对愣在不远处目瞪口呆的呢呢花和一脸苦相的巴六说：她想搞身份歧视，我果断制止了。

姥姥用烟斗戳着巴五的脑门，乌青的嘴唇吐出一长串叽里咕噜的土语，中间夹杂着一些汉语，大致意思是：我早说过，不要乱喽，可是你又要乱喽，你干吗要乱呢……哎呀乱喽乱喽乱喽。巴五垂着脑袋，歪坐在一棵枯死倒覆的核桃树干上，由她戳个痛快，自顾自用手机给他的好兄弟咕嘟打电话。他在电话里说：咕嘟，我想死你了，想你家的酒，想你这个王八蛋。咕嘟在电话那头咕嘟咕嘟笑。

不远处的草丛里，罗不不直挺挺躺着，没人知道她在寻思什么。呢呢花小心翼翼地凑上前去，往她紧握的手心里塞了一张纸巾，黑胖的圆脸蛋凑近她，小声说：姐姐不要哭了！

罗不不没有哭，她只是眯缝着眼在草丛中躺了一小会儿，便爬起来坐稳了，顺手拿起搁在身旁的那支刚刚打过鸟的淡黄色的猎枪把玩，翻来覆去地仔细研究着，直到搞清楚了它的基本构造。然后，她将嘴张开，小心翼翼地将枪口塞进了嘴，熟练地拉开枪栓，闭上眼——不等呢呢花发出尖叫，"嗵"的一声，罗不不将自己的脑袋打碎了……

☽

第三回

皮日休

　　我,皮日休,来自遥远的大城市,受过良好教育,我有一个伟大梦想需要借助贵宝地来实现——我看中了七一街23号——您楼下的临街商铺,我想租下来开一间服装店,专门缝制、售卖古怪的衣服给那些对现实不满的人。

我是个艺术家

红头发的女人穿着葱绿色的高跟鞋，从栖身的木槿花客栈走出来，扭着腰去了七一街23号——一幢被数株梨树簇拥的半砖半木结构的两层小楼，一楼是古玩店，左侧有一道狭窄的油漆斑驳的小门通向二楼，楼上住着房东。她已经来过多次，没有一次能见到房东真容。她凑近了侧耳听了听，里面依然没什么动静，于是小心翼翼地敲门，然后又侧耳贴门听了听，依旧没人应。"咣、咣、咣、"，用尽了所剩无几的耐心，干脆用脚踢门，嘴里大声问："请问楼上有人吗？"

又是咣咣两脚，门上的陈年灰尘抖落下来，飘散在空气中。梨树从墙边伸出枝丫，风摇着它的枝儿，白花瓣轻轻飞起来，在空中游荡，最后万般不舍地去了地面。她失望不已，又不甘离去。对面是一家茶叶店，青布长衫、一脸愁容的胡老板坐在里面，眼珠一动不动地盯着街心的五花石地面，手里夹着一支点燃的香烟忘了吸，烟灰掉落在他的青布长衫上，像鸽子报复给人类的屎。女人徘徊在茶叶店的门前，犹豫再三，决定鼓起勇气走进茶叶店，问他："您好，请问对门这家23号楼的何姓房东您认识吗？"

他不说话，当她是死人。

"我怎样才能找到他呢？"

他的目光飘远了，停落在远处梨树梢上的一只吱哇乱叫的豹纹麻雀身上，是研究它是雄还是雌吗？总之还是不说话。

"您认识他吗？"

"他死了。"茶叶店老板咖啡色的嘴总算打开了。

红头发的女人大吃一惊，突如其来的即便是陌生人的噩耗，终归令人哀伤。女人来不及表达心中的遗憾，他挺直了腰杆，咖啡色嘴皮几乎没怎么动弹地扔出一句合乎辩证逻辑的话，就把女人打发走了，他说："凡是打牌输了却不给钱的，在我胡某人眼里就已经是个死人了。"

虚掩的门吱呀一声打开了，混浊不清的室内穿堂风从里往外"呼"地冲出来，挟裹着暧昧的复杂的味道。那味道很难令人愉快，是一曲由茴香豆、袜子、反复煎煮的草药、过期饼干、潮湿毛巾、长年不见阳光的委屈的椅子和人体剥落的细胞组织一起交织奏响的交响乐。红头发的女人顿时从梨花香气制造的萎靡中清醒过来，凑到门前，听见房东在二楼高声说："门口的朋友，欢迎你上来。"

当她推开二楼虚掩的房门,就像推开一只巨大酱缸的盖子,经年发酵的微生物与人体相互撕咬、吞噬,它们时而和睦共处、浑然一体,时而土崩瓦解,分离出面粉食物、草药、酸豆角、胶质球鞋、报纸杂志、三角尺、雨伞,以及蘑菇蓬勃发育的味道,它们的魂魄抱团在空气中游荡,如果有人进来,便争先恐后地扑上去迎接,像一群鼓噪不止的麻雀,一窝蜂地落在来宾的枝头。屋子里的物品与物品之间相互挤压、侵占、依偎与捉对厮杀,袜子匪夷所思地出现在切菜的砧板上,筷子与断齿的塑料梳子放在一起,一把断柄的雨伞横放在屋子中央的地板上。这是一间约三十平方米的方正房间,卧室、厨房、客厅混为一体,餐桌、灶台、洗碗水池和沙发、小书桌、床铺、杂物连成一片,容纳了主人所有的日常起居。一张宽约一米五的床榻放置于室内左侧,床上的被褥已经很难看出它原有的颜色,床上靠墙体的部分堆满了旧书、旧杂志。

23号楼的房主人,此时正依偎在床上,上半身披着皱巴巴的灰色西服,里面穿着发黄的衬衫和V领羊毛背心,用被褥盖着腿。他看起来约莫40岁,脑袋大而圆,脸蛋鼓鼓的,泛起红红的油光,圆圆的眼睛一闪一闪,冲她一抱胖拳,用武侠电视剧里的礼节热情招呼:"鄙人姓何,名是光,未知贵客来临,有失远迎,失敬失敬!"

"我、我姓皮,名叫皮日休,刚到贵地,想租您一楼的商铺。"

"请随便坐,有什么要求慢慢说。"

他让她"随便坐",她当然不能客气,一屁股坐在他对面的藤制老式沙发上,自行在茶几下取了一只老式印花玻璃水杯,冲水泡茶,然后在他的注视下喝下一口,这才恭恭敬敬地问:"何先生,您把您一楼的商铺已经租给了古玩店,是吗?"这是废话,门口招牌上写着"忠义堂"三个字,后面还有三个小字"古玩店"后缀,跟所有棘手谈判的开头往往是从废话开始一样,她不敢例外。他说,是啊,早已租给古玩店老板了。看着她失望的表情,很快又补上一句令她喜出望外的话:"不过,他跟我的合约已经到期了。"

他欠起身,身披硬壳状的破旧西服外套,掀开被褥麻利地翻身下床,手持一只木柄长勺子一瘸一拐地走近窗边的灶台,从灶火温着的黑色瓦罐里往外舀出满满一勺豆绿色糊状物,开始旁若无人地往自己左腿上抹,裤管提得高高,露出红里透白的腿肉……

皮日休这才注意到,在他的左腿膝盖往下十五厘米处的骨头中间,有一个乒乓球大的窟窿,红红的腐烂肉芽赫然露出来,他正一勺一勺往里面填草药,想把洞填满。她看得汗毛直竖,胃里一阵翻滚,赶紧低头用心喝水。

"先等等,现在是我上药的时间,很快就抹完了。"

他慢条斯理地涂抹完草药,用白色药棉布将伤口盖上,用胶布将它固定好，结束了例行的护理程序。用床头吊着的一块破布擦了擦手，钻入被中，像一只大功告成的土拨鼠又钻回藏身的地洞。用手拢了拢西服领子，捻掉上面一颗发硬的饭粒，然后睁大圆圆的眼睛看着来客，惊奇地上下左右打量，开始咧开嘴发笑，眼睛挤成肉缝，牙床显露出来，笑得合不拢嘴。

"你是要饭的？"他好像恍然大悟。

"我不要饭，我想租您楼下的店铺开店，您同意吗？"

"可是你穿着叫花子的制服。"

他再次以心领神会、毋庸置疑的语气肯定自己的判断。事实上他的怀疑不是没有依据的，以他自己多年在小城汽车站门口摆地摊卖二手杂志的职业生涯经历来看，眼前这个女人衣衫褴褛，头顶一只旧粉色蝴蝶结，身穿一件由大大小小数十个窟窿与层层叠叠补丁拼接构成的破布袍子，像老电影里的道姑，而且是被赶出了庵堂的那种。脚上不合时宜地穿着一双不知打哪儿捡来的葱绿色鱼嘴高跟鞋，让他想起无数个春风沉醉的夜晚，汽车站外围公路边游荡的面目模糊、表情呆滞的流浪者、乞丐，那些已经顺服了命运的人。

无名草药的气味在屋内久久盘桓不去，犹如被困在迷宫中的公牛群，左冲右突，争先恐后，在狭隘的室内打转，挤进红头发女人的肺里、胃里，呼出来，又吸进去，直到她的五脏六腑不再挣扎纠结，彻底臣服于那些来自田园山川的陌生植物经过煎煮后的汁液散发出的神秘气息,与之和平共处。她打算回答房东刚才的质疑,是这么解释的:"其实,我是个艺术家。"

"你真的不是叫花子?"

"您见过我这么有想法的乞丐吗?"女人气不打一处来。

这个小城的原住居民未必分得清艺术家和乞丐之间的差别,就像城市偶像剧中的女生分不清麦苗和韭菜一样。

"艺术家主要是干什么的?"他斜眼瞅着女人,半信半疑。

红头发的女人站起来,舒展两只手臂在他面前转了两圈,充分展示身上这件由无数块补丁与无数个窟窿构成的作品。她显得极富耐心、非常恭敬客气地自我介绍:我,皮日休,来自遥远的大城市,受过良好教育,我有一个伟大梦想需要借助贵宝地来实现。我看中了七一街23号——您楼下的临街商铺,我想租下来开一间服装店,专门缝制、售卖古怪的衣服给那些对现实不满的人。

"哇,原来你是个裁缝。"

"不,我是个艺术家!"

在何是光心里,艺术家和乞丐并没有什么区别,"我们街上也有一个小裁缝,穿得比你还不老实,我可以介绍你们认识。"他又一次笑得合不拢嘴,油亮的苹果肌高高鼓起,喉咙里发出呵呵呵呵的呼吸声,像一头不幸呛水的河马趴在沙滩直喘气。他就这样笑了好一会儿才平静下来,扯了一张卫生纸擤了擤鼻涕，随手塞进枕头下，开始热情地招呼皮小姐不要客气，茶几上有一小碟瓜子，他让她"大胆地嗑，香得很！"为了缓和气氛，他摆动粗胖的手解释："你不要气呀，我一见你就想笑，就像有一首歌里唱过，"这个时候他为了示范，便毫无征兆地大声唱起来，"我一见你就笑，你那翩翩风采太美妙，跟你在一起，永远没烦恼……啦啦啦，啦啦啦……"

假艺术家顿时石化。

唱罢歌儿，他歇了歇，开始了第二轮介绍吹嘘："我姓何，我们本地人大多数人姓和，但是我跟他们可大不一样啊，他们是人口和，我是人可何，他们是摩西人，我祖上是汉族人，我祖上是在明朝时随朱元璋的军队骑着高头大马征战打过来的。"他挥动手臂，加重了最后四个字的语气。说到祖上的来历，他来了精神，搬着左腿从床上翻下来，坐在床沿讲了一通掌故，还原了好几百年前那段波澜壮阔的行军历史，一个勇敢的铁匠如何在连年征战中从兵丁成长为保长，从京西南一路杀到滇西南，最后随营扎寨，就地解甲归田、娶妻生子，再也没有回过故乡。

皮日休听得无所适从，她几次想切换到租房子话题，都被制止了。细雨霏霏，临街窗户的两扇雕花的木质窗棂对外敞开，可以清晰地看见街对面的茶叶店胡老板坐在店门前，两手握着茶杯两眼发呆。鸟儿从窗外掠过，盘旋在灰蓝的天空下，风扬起梨树上的花朵，有一朵轻轻落在窗棂边，白白的花瓣，看起来格外地哀伤。不过这么优美的日子他依旧没有给红头发的女人继续谈租铺合约的机会，为了下次更好的相逢，他知道戛然而止的必要性，果断挥手送客出门。

小偷公司

皮日休去七一街23号的那天早上，何是光早早就醒了，起来走两步就到了灶台前，打开煤气灶给自己煮了一碗荷包蛋，放了点糖渍桂花酿，香香地吃下了。他抹了抹嘴，打开临街的窗户，用两根木棍儿把窗棂支起来，防止被风刮动，探出头悄悄瞄了一眼窗外灰白的街道。他看见前几天来过几次、一直在门前徘徊东张西望的红头发女人又来了，她的脸上扑着厚厚的脂粉，呆呆地蹲在茶叶店门口向古玩店张望。被游人磨得发亮的五花石路泛着耀眼的白光。微雨又起，梨花白白又一树，风卷起三五朵送进室内。他捡起来闻了闻，惋惜地放进瓷碗里，摸出一小瓶酱油滴了几滴在花蕊中，仰头用舌尖卷起来抿住，嚼碎了吞下去。因为他曾经在自己售卖的一本旧武侠小说中读到过一个偏方，说梨花性寒，持续生吃能逼走体内的魔鬼。

"魔鬼怕冷嘛。"他曾对茶叶店的胡老板说。

胡老板不想理他，在何瘸子去年打牌输给自己的两百块钱没有收回来之前，他坚决不能对他的聊天内容有任何回应，这关乎做人的诚信与牌友的尊严，这不是钱的问题。问题是何瘸子没钱。

我像是没钱的人吗？

他有一次回应胡老板的逼债，我不是没钱，我只是眼下手头紧，再缓缓，缓缓嘛。

吃梨花能驱魔，魔是什么？是火，人一着急，就容易上火，一上火，就嘴角起泡、便秘，说明魔住进了你的身体。它本来是打算安营扎寨不走了，但是服用了梨花保命散就不同了。每天摘两朵吃，早一朵，晚一朵，连服七七四十九日，魔的魂魄就散了、化掉了，从鼻子、耳朵眼儿跑掉了，搬家去了别人那儿，至少一年内都不会重返你的身体。这是小城居民、地摊卖书人何是光的考证与发现。他好心将养生心得分享给街坊邻里，却得不到友善回应，这让他多少有些失落。而大自然很过分，从来不让夜黄城的梨树花期开足七七四十九天。

吃罢荷包蛋和酱油蘸梨花，何是光开始整理下午三点之后准备出摊售卖的旧书，哪些是今天要卖，哪些要收起来。清明节快到了，印有美女的画报类明显受欢迎，五角钱一本的万年历滞销了，养生类永不过时，武侠书不如前几年好卖了。游人在旅途时最容易感伤，一感伤就容易怀旧，一怀旧就容易脆弱，一脆弱就容易花钱，包括花钱买地摊旧书。

无论寒暑，风里雨里，何是光和他的旧书地摊都岿然不动，他在等一个永远等不来的女人,对方的模样在他记忆里早已模糊不清,不过不影响他每天像一尊过时的雕像戳在汽车站门口,面前摆着他的三平方米左右的旧书摊。他天天戳在那儿,戳成旅人的乡愁。他在冬雪里蹲在路灯下守摊儿,在酷暑烈日下蹲在路边守摊儿,他是城管心里永远的痛,是铲也铲不走的牛皮藓,是野火烧不尽的铿锵春天,无论换几任领导来也拿他没辙。客户群体不断在变,时代在变,口味在变,售卖的旧书旧杂志风格类型按道理说也应改变,这是常理,何是光是明白的。但是他一点儿也不想动弹,去费脑子想如何改变。世界之大,解决问题的方式很多,他认为最好的办法其实只有一个:以不变,应万变。

敌不动,我不动。他带着淡淡的神秘对木美玉说。

木美玉是他的远房侄子,平时喜欢身穿"二战"美军飞行员的皮夹克、开一辆轰鸣的三轮假军用摩托车招摇过市。他对叔叔的爱用歌声唱出来,每回在街上遇到何是光,隔老远就开始冲人家唱起来:"你是电,你是光,你是唯一的神话,我只爱你……"双手必然要大大地伸展开,打算熊抱的样子。好脾气的叔叔没有一次不是拄着拐杖连连后退,臊得脸红红地说:"不要唱了,不要唱了,你的歌声要把河里的鱼惊得飞起来,母牛不下奶了,屋顶上的瓦片能起来跳舞了……"末了,他是要叹气的:"美玉,你小时候可不是这样子的。"

"我小时候是哪样子的,小时候吃你的啦?喝你的啦?"

"是的。"何是光认真地点点头。

最后总是要聊到生计现状,谁家的店铺租给外地人租了多少钱,谁家的院落租出去一口气收了几年的房租,这是当下小城居民每天见面谈论时最热衷的话题。游人如潮水般从世界各地涌来,朝拜这片失去太阳的土地,感受高原古城永远的阴霾及细雨。游客一涌来,就产生了消费,要吃当地菜,要住当地特色的民宿客栈,要买稀奇古怪的东西。太阳丢失了,钱反而好挣多了。当地居民兴奋地交谈着,不过他们很快就高兴不起来了。嗅到金钱味道的外地商人像怪兽抢滩攻城,他们不知打哪儿冒出来,一车车、一群群,从各个城市扶老携幼、拖家带口,如蝗虫一样从四面八方涌来,租下商铺卖旅游产品,盘下院子做客栈。转眼间,"钱都叫外地人赚走了。"摩西人交头接耳叹气说。

"光叔,你这死脑筋要改一改。"

"已经很完美了,怎么改?"

"什么?"脸皮厚的木美玉发现自己遇上了对手,他的目光扫过叔叔脑袋上的秃顶,然后投向他脚上沾满灰尘的干瘪的皮鞋,最后折回来和那双圆圆的猫头鹰般的眼睛对视,瞪直了眼儿问他:"叔,你打算摆地摊干一辈子?"

"是啊。"他的叔答得滋润而痛快。

"哎哟，我在大街上都不好意思跟你打招呼你可晓得？太丢人了啊，你瞅瞅你在汽车站门口摆摊卖的那些破烂书，一本几毛钱，一本几块钱，顶天了一本五块钱，跟要饭差不多，这些破烂儿全卖光了能值几个钱？你什么时候能挣到娶媳妇的钱？靠卖这些过时的旧杂志旧书，做白日梦哪，你再过五十年也娶不上哪怕是山里的媳妇。但是你在七一街23号的商铺是个金饭碗你可晓得？你之前租给别人开古玩店的价格太低了，不如撕毁合同收回来，然后高价租给外地人，比你摆地摊来钱快多了。不然的话，你这样子摆地摊能发财，金沙江的水能倒流回大海。"问题是金沙江的水的确是流向大海的，他说反了，应该是海水倒回金沙江。当然，这不是重点，重点是何是光似乎不明白侄子在说什么。每当这个时候，他满脸通红，讪讪而笑，手足无措地掏出脏兮兮的手绢擦擦汗，脸涨得红红的，稳了稳神，最后伸出一根胖胖的手指头在空气中晃了晃，然后放在嘴边，充满玄机地说：敌不动，我不动。

看着侄子一脸的错愕茫然，他松了口气，拄着拐杖飞快地溜掉了。

她像小姐，像乞丐，又像神经病，但是自称是艺术家，她从哪里来？到底想干什么呢？何是光竖起耳朵听她在楼下敲门，听她客客气气、小心翼翼的声音在门口一遍遍地问："屋里有人吗?"他眯着眼儿屏气凝神地听着,心里很愉快。过了一会儿,他蹑手蹑脚走近窗口,用帘子挡住大半个脸偷偷往楼下街心看,果然看见奇装异服的红头发女人茫然无助地来回踱步,最后蹲在茶叶店门前的台阶上两眼发呆,雨丝沾在她的头发上,慢慢渗透、粘连在她脸上、头皮上。

他满意地回到床边坐下,眯上眼,心里默默想事情。

当他觉得时辰到了,这才打开了门,热情招呼客人上楼来坐。茶饮过了,话谈过了,他知道年轻女人叫皮日休,女人也知道了他祖上的光辉历史,果然是个开心的好时光。他抬起手腕看了看其实早已不走字儿的手表,朝坐在对面沙发上的来客挥挥手,坚决地结束了愉快的对话,示意送客。没有得到答案的女人不肯走,嗫嚅说:"何大哥帮帮忙,我想租您楼下的商铺。"

"今天土地公公过生日,不适合谈正事儿了。"

"何大哥是好人,我想租您楼下的商铺。"

"三天后是好日子,午时你再来吧。"

皮日休失望地站起身,讪讪而别。在她即将走出门时他又叫住了她,让她报出自己的生辰八字,他得找人算一算八字合不合、能不能租给她。

吃罢午饭,收拾好出摊的各类物件,何是光背着沉重的大布袋、拄着拐杖穿小城而过。布袋里除了喝水壶、折叠小板凳、雨伞外,都是他新上的货——刚刚从废品收购站淘来的各类旧书刊，他打算背到汽车站去摆摊。每天从下午三点开始出发，步行半小时到赖以谋生的汽车站，平时下班收工已是夜里十点，卖不完的货可以存放在汽车站内，第二天再取出来卖。

"何是光，又去摆摊呀？"路上遇街坊。

"我要吃饭啊。"何是光老老实实回答。

"你不出摊也有饭吃啊，你的铺子越来越值钱了，听说有外地女人看上你的铺子，想方设法要租呢，你要发财啦。"交头接耳的街坊们不怀好意地朝他挤眉弄眼。何是光心里是满意的，一瘸一拐地离开了。大布袋的背包带子紧紧勒住他的背、肩膀，灰西服的领子被勒得皱起来，堆在他的脖颈处。这是一条他走过无数次的路，从童年、少年到后来的青年、现在的中年。回忆是一条无尽的路，当何是光还是一个健步如飞的生猛少年时，天空远比现在明亮，太阳挂在高高的天际，他还是妈妈心中最宠爱的小儿子。

路过小城有名的半仙算命屋，他走进去，递上事先写在纸上的生辰八字，半小时后兴奋得满面红光的他满意地走出屋，临时起意，决定去拜访久未谋面的老同学三哥。于是把背包放在马路边，转弯走进了一条深深的小巷，去敲一扇深红色的奇丑无比的门。门上布满了倒扣的金色大茶碗作装饰，密密匝匝，像正在拔火罐。门"吱嘎"一声开了，一个黑锅脑袋伸出来，脸上架一副大蛤蟆黑眼镜。

"干什么啊？"顶着黑锅款式发型的脑袋问。

何是光一脸媚笑凑上去，赶紧递上一支烟，说："跟我三哥说，我何是光来了，可不是外人哟。"

黑锅脑袋倏地缩回去了。

几分钟后，拔火罐的门又开启了，黑锅脑袋向他招招手，领进了屋内。

这是一处小城寻常人家的庭院，只是稍显富贵些，照例白瓷砖贴外墙面，点缀大幅仙鹤与松树的图案，穿过门厅与侧房，便又是一进四四方方的院落，一株高大的柳树正抽新芽，嫩绿的叶子在风中轻轻摇动。树下，院落中间的地面铺设各色鹅卵石，形成阴阳八卦图，显得格外气派。八卦图中间仰天躺着一个形同槁木的老人，他四脚朝天，躺成一个干干脆脆的"大"字，像刚刚遭雷劈过，黑色旧西服下露出细小的手脚，宽大的蛤蟆黑眼镜挡完了他瘦弱的脸。

何是光咧开嘴笑，朝地上的"大"字打招呼："三哥，您又在养生啦？"

三哥在吸收天地之灵气，不想理他。

几分钟过去了，地上的人还不肯起来，不过这不影响何是光的好心情。他拄着拐杖走了一圈，仰头看看浅灰色的天和枝叶正绿的柳树，咧嘴呵呵直笑，嘴里啧啧羡慕不已，他感叹三哥的院子真是个好地方，院子好，冬天可以在院子里做做烧烤，生一堆柴火、围起火转圈儿跳舞的感觉肯定不错；夏天也好，用皮管子接引护城河的水冲地、洗干净鹅卵石，想象脱鞋后在上面走来走去……哇，太养生了。

地上的三哥受不了何是光的畅想，一骨碌平地翻了一个筋斗爬起来，原来并不老，约莫四十而已。他伸伸胳膊腿儿活动了一下筋骨，一屁股坐在一把藤编太师椅上，用食指顶了顶蛤蟆黑眼镜，歪着脑袋瞅着何是光，微微一笑，看起来心情不算坏。旁边的黑锅脑袋赶紧给他递上一根烟，擦根火柴给他点上了。关于为什么一直用火柴而不肯用打火机这个怪癖，江湖上曾流传过他的解释：三哥我是个恋旧的人。

每当想起三哥这句话，何是光就禁不住湿了眼眶。

"是光，你又来啦。啥事找我？"三哥说。

"我没啥事，路过，想你了，就来看看你。"

"不要扯那些没用的，说吧，是不是缺钱了？三哥我给你拿。"

然后示意黑锅脑袋掏口袋。何是光连忙拦住了。三哥打趣地说："来咱们古城旅游的游客越来越多了，是光可是有个金铺子的人啊，每年抢着租铺的外地人不少，你很快就是有钱人啦。"三哥还不忘详细地问了问他老父亲的身体可好，何是光连忙答：好着呢，老父亲一顿要吃三碗米饭和半只烧鸡，再加两杯酒。听到这里，三哥嗯了一声，插嘴说："酒要少喝。"何是光说：对，对。他关心地问起三哥的身体好不好，最近"收成"怎么样，怎么这么久也不去七一街23号看看老同学呢？三哥说最近好忙哦，生意不好做了，公司的人越来越难管理了，新人不好招募，青黄不接，钱是越来越难挣了。

"前几个月招了一个从山上刚下来的小孩子，刚刚教会他手艺，偷皮夹子、三秒撬锁、五秒开车门、十秒翻墙……科科表现优秀，门门学得又快又准，是个能接班的好苗子，可是现在居然单干了……连师父也不认了，过年过节也不晓得送礼……我三哥是缺那几斤猪肉的人吗？！我是在乎自己的名声。现在这些小辈不讲老规矩了，良心坏了，队伍不好带了。"寒暄良久，唏嘘不已，三哥跟老同学说起自己的烦心事，不住地摇头。

三哥开的是一家小偷公司。

小偷公司也是公司，管理上的烦恼三哥一样少不了。不过三哥是个想得开的人，信奉以德服人。服不了怎么办？"老天自会收他们的，三哥我不操心。"他长长地舒了一口气，把烟圈吐得特别绵长起伏。

胡老板不解风情

午时,皮日休如约准时来到七一街23号,小心翼翼推开门,坐在三天前坐过的椅子上。何是光依偎在床上,被褥盖至腰部,那条受伤的腿从被子里伸出来,裤管拉到大腿,让刚填满绿色草药、尚未包扎的大洞伤口暴露在空气中,晾晒在床板上,他用胖手指朝她身上奇怪的裙子指指点点,笑得嘴都歪了。皮日休面不改色地看着他,等他笑够了,才微笑着重复三天前临走时那句话:"何大哥,我想租您的铺子。"

好啊。他答得非常痛快。

啊,真的?

当然是真的。他说。

那,我们谈谈租金吧。幸福来得迅雷不及掩耳,皮日休高兴得喜形于色,手足无措,不知该怎么说好。朝他双手合十,眼睛湿润了。

"你的八字我找高人帮忙看过了,嗯,跟我房子的风水方位是非常匹配的。所以我们现在不要谈钱,谈钱伤感情啊——

你谈谈你的家乡吧,风景美吗?我因为腿脚不利索,平时哪儿也去不了,不能学你们大城市的人到处旅旅游,所以说,我是个寂寞的人。"他说。

"您也可以四处去旅行呀,看看外面的风景。"

"我走不了啦,脚坏了,只能老死在家乡。"

皮日休望着他的瘸腿不知该如何应答,空气沉默下来。

过了一会儿,他忽然起身一瘸一拐地走到窗边,探出头朝外看外面的灰色街景,几朵梨花扬起来,在窗前飘浮旋转。等樱桃花谢了,结了果,雨季就快来临了,时间一天一天敲打着他的耳膜,提醒他瘸了一年又一年。远山如黛,街对面茶叶店的胡老板此刻正仰头朝他翻白眼。他摇摇头感叹:"啧啧,胡老板是个不解风情的人哪。"

他清晰地记得去年那场牌局的每一个细节,细到从天气说起:那天有风,风是从山头开始刮的,呼呼地过来了,云彩眼睁睁地被卷走了。我在云彩下面慢慢走着,明显感觉那天的风跟平时不一样。我们是靠天吃饭的人,不得不学会了出门看天,例如风大咱就不能出摊,风会卷走地上售卖的书报,不知道会把它们带去哪里、送给什么人读。下雨时也不能出摊,哪怕蒙上一层透明塑料也不管用,慢慢积蓄的雨珠会聚集起来造反,最后淹没整个书摊……我走到城南门附近,风也跟上来了,它扯着我的衣裳往回拉。我想,这是老天爷在给我下命令啊,让我在家休息一天好好思考今后的人生路。好吧，天命不可违，我就回家了。真的，我刚刚回到家门口，正准备掏钥匙开门，对门茶叶店的胡老板就过来了……没错，是他，胡老板，一个有钱有派头的人，口袋里装的烟至少是五十块钱一包的熊猫，打牌一次输赢能上千，这样的人平时是不会理睬我的。那天，他朝我走过来，招招手，叫我去他店里打牌。居然有人肯主动邀请我去打牌，很多年没有发生这样的事了，最近的一次是十五岁那一年在护城河的堤坝上，我和三哥、小胖，还有木美玉他爹一起打扑克。胡老板和街坊们打牌临时三缺一，实在找不到人，只好让我去顶一下。顶一下就顶一下嘛，他们不愿意靠近我，可我是个讲义气的人，希望借这次机会让他们看到我对友谊的热忱。我坐在牌桌上，在三分钟内，我就输掉了两百块。真金白银的两百块啊，我一点儿也不在乎。

他当时没付钱就走了。

他们追着他撵出来，撵到大街上骂他，说何是光你这个王八蛋你穷疯了吗你这个瘸子你说你到底是不是狗屎你输不起钱还打什么牌啊……自从瘸了腿以后，旧日朋友、街坊逐渐远离他，这么多年来没有人肯围着他说这么多话。那一天何是光的脸上、脑门上沾满了街坊的口水，他舍不得擦，也没有回头，默默地上楼，咬住嘴唇不让自己笑出声来。他心里是开心的，因为他知道如果希望被人长久地惦记，赖账才是最好的捷径，这才是爱。

他说累了，从桌上那碟葵花瓜子中随意拈起一粒塞嘴里轻轻嗑了。这一嗑不得了啦，他瞪圆了眼睛看着皮日休，足足几秒不说话，转头抓一把葵花子递给她，非要请她尝尝："哎哟，真香啊，不得了哇，你赶紧尝尝，这是我们社区居委会送来的温暖，果然香得很啊，又脆又香。"

"嗯，香。"

"真的？"

得到艺术家对他家瓜子的肯定，他开心地笑了。

女人说："何大哥，您是个好人，我独自来贵地谋生，手头并不宽裕，您看这租金……能否适当照顾？"他不说话，埋头专心嗑瓜子，等他嗑完了手心这一把，终于抬起头说："租金这个事情，重要，也不重要，说不重要，也很重要。说到钱，真是令人害羞啊。"他搓搓手，感叹地喝了一口茶，非常认真地问："要不这样，小皮，你觉得多少钱合适，我就多少钱租给你。"

小皮感动不已，表示愿意按这条街平均每月 3000 元租金的行价来支付租金，如无异议，她这就草拟合同，明天找他签字。瘸子不假思索地答应了。

"我老父亲曾经告诉过我，钱不是最重要的。"他说。

"您老父亲英明！"艺术家不忘赞扬。

她欢快地跑出门，奔到大街上，踩着高跟鞋一口气跑出了五百米。

傍晚时分，皮日休去小城的河边散步，手里拿着馒头。

路上遇到同住一家客栈的房客珍宝岛——一个油嘴滑舌的独眼男人，不知打哪里来，也不知会去向何处，喜欢跟客栈的女客人嬉闹玩耍，但只有住在他隔壁房间的胡美美肯搭理他。胡美美是一个清纯的长发女子，来自遥远的外省，想做生意却没有本钱，想傍大款但又超龄，借了路费来旅行。在这样尴尬的时刻，遇到珍宝岛像见了亲人，一见他就把嗓子捏得尖尖细细地说话，认真听他上人生课，学习怎么做人。胡美美回回听得认真，转眼便不放在心上。

他瞅皮日休的眼神似笑非笑，上下打量她奇怪的穿戴，嘴里说："老妹啊，还没找着铺子哪？"

皮日休平时不会理他，今天心情好，她开心地说："快了。"

"哟，这么说伟大理想快实现了哇？"

"嗯嗯。"她听不出是讽刺，开心地走远了。

珍宝岛冲着她的背影阴阳怪气："老妹不要太乐观呀，外面的世界有惊喜也有惊吓噢。"还有惊骇，这四个字到了他嘴边又咽下了。

次日中午十二点，她又来了。

她向瘸子出示早已草拟好的租房合同。这是一份非常普通而常见的租铺合同，内容简明扼要、通俗易懂，形式千篇一律，无外乎：甲方某某某，自愿将位于七一街23号的商铺租赁给乙方某某某，月租金3000，每季度支付一次租金，租期两年。乙方在经营期间遵纪守法、注意防火安全，如因乙方过错造成任何不良后果，由乙方负责，与甲方无关，云云。她请瘌子"不吝赐教"，她愿"洗耳恭听"——当然这只是礼数，不过没想到他当真了，很快赐了不少意见。

当时，瘌子捧着一只崭新的彩色毛线袜子罩住的保温杯——小城流行的日常美学，给杯子穿上钩织的毛线外套与大城市的女人热衷给狗穿上衣服在本质上没有分别。他笑嘻嘻地坐在床沿看着对面沙发上的女人，时不时伸头吸一口保温杯里的水，故意发出很响的吸溜声，嘴巴咂巴着，痛心地说："小皮啊小皮，原来你当我是个傻子啊！"

小皮顿时不知所措。

"你这是马关条约啊！马关条约！"他挥动合同——其实不过两页薄薄的纸，扬在手里质问，"你以为我不认识字吗？"

她茫然看着他，不知道哪个环节出问题了。他看得出她想反驳，及时地一摆手制止了——小皮，你不要以为我只是个初中生，事实上我渊博得很，我还卖书呢，我卖的书我通通读过，我不光知道马关条约，我还知道"半殖民半封建"是啥意思，你休想蒙我。说时，他的手搁在一摞摞书上。

"我、我哪里蒙您了？"皮日休吓坏了。

"你处处想蒙我啊。"

于是他谈了他不满意的地方——几乎没有一处满意。看对方一副不懂的样子，他便一一列举，开始新一轮对话：小皮，你这是马关条约你知道吗？

小皮说：不知道。

好，何大哥我就告诉你吧。例如，你在合同里第一句就不对了，你写"甲方自愿将位于七一街23号的商铺租赁给乙方……"这"自愿"两个字不对，为什么说不对呢，因为我不是自愿的，是你烫着这么一头像鬼一样的红头发敲开我的门，主动说要租我的铺子，我看你可怜我才答应租的，而不是我在街上遇到你就拉着你不放、非要租给你。所以，我不是"自愿"而是"被动"——你应该写"甲方被动将位于七一街23号的商铺租赁给乙方"，这样才正确。还有，"月租金3000"这么写就不好了嘛，我的确答应你这个价格，可是你写上去做什么呢？你这么写，是什么意思？

女人吓得不知所措。

他无奈地摇了摇头，耐心地跟眼前这个红头发的外省女人讲道理：合同是什么？是人写的，对吗？总得为人着想吧，这"人"得是大家，而不是你一个人。为什么要写合同，因为你要租我的铺子。为什么要租我的铺子，因为你想挣钱。既然你想挣钱,你就付租金、写合同,那么合同你想怎么写就怎么写吗?不是,你不能存害人之心!你不要生气哈,怪我这个人说话太直了,我让你写合同是信任你,你却没有为我着想,只为你自己着想。小皮,我好失望。

"何大哥我错了,那您觉得合同内容不写租金应该写什么呢?"小皮认输。

何大哥卖了个关子:"五天之后你再来吧。"

凤华食品店

过了五天,那个红头发女人果然又来了。

在她进门之前,何是光就备好了凤华糕点,这是他专门去小城外快倒闭的老商店买回来的,糕点果然跟回忆里一样美:一个木质小漆盘里装有五种花样的点心,不同的形状,口味各不同,有的是冬瓜糖糕做成了梅花形状,中心有一粒酒酿樱桃做花蕊,单单地立着;有的是圆形绿豆糕,边沿上切割成波浪花边做装饰,糕质细糯晶香,清透的绿里透出荒凉的白;还有一种是茉莉豆饼,样子像元宝,吃起来软糯香甜,满嘴茉莉花香,好吃极了。凤华食品店的前身是国营食品厂食品门市部,20世纪80年代中期改制后由几个老职工合伙买断经营,曾经是小城的人们最喜欢光顾的地方。他已经很多年没再去买过了,甚至不知道它早已没落,濒临倒闭。

"金姐,我买糕点。"

屋子里光线暗沉,食品货柜还是他童年时的样式,透明玻璃隔离了人与糕点,里面一垛垛整齐码着各色食品,被选中的糕点将被一张张好看的五颜六色薄纸包裹，用麻绳捆扎，流向小城各家各户。何是光不断反刍的童年记忆里，已经过世多年的母亲曾多次带他来这里，那时候的食品门市部人声鼎沸、光彩明亮，去晚了就买不到了。

"买什么式样的？"

一张苍老的脸出现在柜台后面，佝偻着腰，白发扎在脑后，眼睛干涸成两个黑洞，视力降至半盲。人们叫她金姐，是何是光母亲的同乡兼好姐妹，一度好到相互结亲家。几年后何是光腿受伤，亲家当然做不成了，二人反目，多年不来往。后来在他母亲的葬礼上，金姐哭到晕厥。她的女儿貌不出众，是个裁缝，租了后的院子开裁缝铺，开在木槿花客栈的隔壁，人们称呼她"小裁缝"，从来没有正眼看过何是光一眼。

何是光何尝不是与小裁缝相看两厌，当年他的心动女生是一个穿黄色条纹运动服、扎马尾的隔壁班女孩，他给她写过厚厚一摞情诗，她假装没收到。直到他腿伤住院，她跟随一大群同学一起到病房看望他。何是光被感人至深的慰问品、卡片包围了，他躺在那里像一个英雄，目光穿过层层叠叠的脑袋问站在后排的她："我的诗好不好？"马尾女生不说话，既不说好，也不说不好，一脸似笑非笑。

现在金姐老啦，眼睛看不见了，连耳朵也不好使了。何是光的胖脸蛋快凑到人家鼻尖了，大声说："金姨，我是是光啊，我要买莲子口味的。"

"没有莲子口味的。"

"我是是光啊,你不记得我啦?"

"没有莲子口味的。"

"那我买蜜桃口味的。"

"没有蜜桃口味的。"

"我是是光啊。"

"没有是光口味的。"

小时候,他偷偷摘过金姐毛衣上的扣子当跳棋的棋子,也偷过她柜台里的零钱,也听说过她老公赌钱时她掀桌子,小城里她第一个带头烫头发、捉奸,鸡飞狗跳的一生她可没闲着。已经失去大部分记忆的金姐,现在什么也不记得啦,安心又舒坦,像鸟儿等候翅膀、骨头等候鬣狗、白天等候黑夜、春季等候隆冬一样等待死亡降临,带她去极乐世界——如果有极乐世界的话。

回到家,何是光已经满头大汗,腿疾愈发严重了。看来三哥介绍的中药不太管用,可能是方子没开好,也可能是药没敷好,过阵子去下关城看看另外一个大夫,让他给瞧瞧吧。糕点摆盘的时候,他想起母亲生前说过的话:"好不好吃在于看,摆得好看就好吃。"他取出逢年过节才用的木质漆盘,上面有些暗花纹，由浅金色的金粉细细地描画。漆盘装上五色的糕点正好。他还不忘从菜市场买了点新鲜水果摆在另一只漆盘里。为什么要去菜市场买？因为又便宜又新鲜。只有傻子才去超市买啊！他感叹。

十二点整，红头发女人准时来了。明显她今天的气色不太好，头发有些零乱，一根绿色蝴蝶结发卡戴在头上，看上去又无奈又可笑。身上穿一件橘色纱质双层连衣裙，裙子由两层构成，里面一层缀满明亮的立体花朵，外面罩了一层半透明薄纱，让花朵看起来若隐若现，裙上喧闹的春色跟她发黄憔悴的脸色形成鲜明对比。她照例坐在对面沙发上，手里摊着五天前那两页薄纸，一脸诚惶诚恐："何大哥，您看这合同到底要怎么写您才满意？您要是觉得这价格太低了，就直说吧，咱们再商量商量，我也不为难您。"她说。

"瞧你这话说的，好像何大哥我是爱钱的人。"他温柔地嗔怪。

"那，您得给个话啊，这合同到底要怎么写？"

何是光不着急跟她讨论这些事宜，他有的是要紧的事要讲，他掩住嘴，往前抻着脑袋低声对她说："不着急，我想给你看样东西。"

是啊，珍藏的东西示人是非常郑重的事情。何是光费力地弯下腰，从床底下拖出一只脏兮兮的大木箱。箱子笨重而陈旧，打开的一瞬间从箱子里飞奔出一群黑色大蟑螂，以迅雷不及掩耳之势跳到地板上，咔咔咔咔撒腿儿满屋子跑起来。它们像冷兵器时代披挂上阵的勇士，刚刚解了时空封印从魔法箱里释放出来，恢复了虫勇士应有的青春活力。红发女子顿时吓坏了，跳到沙发上站着，手里提着高跟鞋，亮出尖尖的鞋跟挥舞着，作势要敲死几只自卫。蟑螂们可不傻，趁她尖叫的时候飞快地消失在地板的缝隙、门缝、臭鞋堆里。

他不紧不慢地在箱子里一通翻找，最后终于找到一只棕色牛皮封皮的小日记本，二十多年过去了，上面已经积满了厚厚的灰尘，轻轻一拍打，顿时腾起一片乌云。"对对，在这儿呢，我还担心不见了。"他抱起日记本狠狠地亲了一口。

皮日休明显跟不上剧情发展，天晓得她奔腾的内心里都想了些什么，没准以为这个隐匿的本子里记录了合同的范本。何是光一点也不关心来客的感受，他找了把舒服的椅子坐下——那是屋内除沙发外唯一的椅子，有一只椅子腿儿还摇摇欲坠，随时能把他的屁股摔在地板上，不过一点儿也不影响他的愉悦心情。写这本日记的前几页的时候，他还不是瘸子，是一个在阳光下奔跑的皮肤黝黑的健美少年，妈妈还没有死，哥哥还没有与他分家、绝交，妹妹还没有长大、离婚，太阳还在天上挂着，日子庸碌而平常，人们劳作生息，相爱或分离。他抱着新买的篮球去上学，后面跟着一群羡慕得眼睛发绿的小伙伴，其中就有后来创业成功的三哥。他在前面高高举起篮球奔跑,嘴里发出"喔喔喔喔……"的叫声。他当时觉得这样很愉快,现在也是这么觉得。

"好开心啦,喔喔喔叫着,我拿着篮球在前面跑,他们在后面追……"

他激动地挥舞手臂,努力模拟当时的热烈情形。

"这跟合同有什么关系?"气急败坏的皮日休摊开双手问他。

他痛苦地低下头,垂下挥动的手臂,神情凄凉,低声说:"我跑着跑着,脚下一滑,从高高的坡上滚下来……我还死死抱住新买的篮球不撒手,球在人在,人在球在,我当时真的就这么想的,可见我真的错了!很明显老天想收走我的篮球不让我玩儿,很明显老天也想玩篮球啊。我滚着滚着,撞上了坡底工地一坨报废的钢铁架子,尖锐的钢铁刺穿了我的左腿腿骨,留下一个不能愈合的大窟窿。"

何是光哽咽得说不下去了。

红发女人焦虑不安,不知道该怎样把话茬儿引回租房合同,于是起身走到窗前,探头出去假装欣赏街景。窗外,对门的茶叶店胡老板作势朝她吐口水。看样子他希望她能帮忙转达他对23号房东的鄙视。

"对门的茶叶店老板好像不喜欢您哦?"看,她转达了。

窗外阴云飘过,风乍起,雨送梨花入庭前,他认真翻开日记本最后几页,示意皮日休好好坐稳了,他要念一首诗给她听。不管她爱不爱听,他自顾自清了清嗓子,高高举起手中展开的棕色日记本,气沉丹田,开始朗诵:

同学啊同学,我亲爱的同学
我们一起建设四化
一起为祖国
捋起袖子加油干
加油干啊同学
现在我受伤倒下
按说轻伤不下火线
但我是重伤,医生说的

同学啊同学
我无数次回到梦里
梦见操场上的你们快乐奔跑
在教室里挥汗如雨
为祖国四化早日实现而拼搏
我内心无比思念你们
我的同学
……

他朗诵完了，脸涨得红红的，用拳头用力捶自己胸口，长吁一口气，仿佛完成一件期待已久的大事。这是何是光十五岁那年躺在病房里写的诗，他抄录在几十张明信片上，托父亲投寄给班上每一位同学，引起不小的轰动，同时收获了数十封回函。同学们在老师的倡议下纷纷动手制作鼓励他的小卡片、小花环、风铃、纸船送往医院，一时间，病房里挤满了纯真的脸庞。那是何是光的止痛药，是他一生中最幸福的时光。年轻的孩子们在寄给病中同学的信中说：我们不放弃你，永远爱你，同学情谊海枯石烂永不变……事实上人们彻底遗忘他只花了一学期时间。

茶凉了，何是光起身给自己倒了一杯水，擦了擦额上的汗，坐回摇晃的椅子，低声说："谢谢你肯听我念诗……你回去吧，合同不用改了，你重新打印两份正式的出来，我已经看过黄历了，七天后的中午就是吉日吉时，你拿过来给我签字。"

"何大哥，这……"

"放心吧，我不会为难你。"

人生的大起大落来得太快了，皮日休激动得说不出话来。临走时，她朝他深深鞠了一躬，为自己起死回生的梦想。

打到他搬家

胡美美根本不信，她听皮日休复述完所有的细节。虽然她知道这位奇装异服的女人平时不待见自己，她略加思索，还是非常肯定地对皮日休说："日休，这个人是一个傻×。"

"可人家是房东啊。"

"我知道他是房东，但不影响他是一个傻×。"

"我想租他的铺子。"

"可是他就是个傻×啊！"胡美美用巴掌拍着大腿。

皮日休手里捏着合同歪躺在椅子上。客栈的庭院优美，凄凄芳草丛生于墙沿，院中一株高大的木槿树动不动就开满了猩红的花儿，盛大得出奇。一场雨后，便一朵一朵沉重地掉下来，像伤心人的眼泪，啪嗒、啪嗒、啪嗒……落在地上好几天也不枯萎，像是被施了魔法。

"珍宝岛走啦？"

"唔……上星期就走了。"胡美美含含糊糊，不想多说这个人。纸终究包不住火，客栈里几个熟人已经知道了他们的关系，当然是木金花这个八婆嗑着瓜子讲出来的。

"你想不想他？"皮日休好奇地问。

"不要胡说。"

"想他就应该跟他走。但是我认为你不走是正确的。"

胡美美不知道是不是正确的，珍宝岛在黎明的时候独自离开，没有告别，没有留电话，从门缝里悄悄给她塞了一笔钱。钱不多，但是够她盘下一间小饭馆度日。这几天她在河边转来转去，打量正在营业的餐厅谁家最有可能倒闭，正好让她接盘。钱会越花越少，机会也越来越少，她会老掉，手指也会变得不灵活，头发会越来越稀薄，漂亮的眼睛会老花，在这一天到来之前，如何活得体面是她最想解决的问题。

皮日休天天数着日子，挨到第七天，拿着合同飞快地跑来敲门。

"来啦？"瘸子明知故问。

他弯腰整理下午要出摊的旧书，不看来客，似乎忘了一周前已约定谈妥的事宜。皮日休递上已精心备好的合同，等候他签字、收房租、通知古玩店搬家，她就去做招牌，运布料、缝纫机进来。

"合同您再看看。"她满脸堆笑。

他吃惊地抬起头看她，一脸不解："什么合同？"

"我、我租您楼下铺子的……合、合同啊。"她慌了神,不知道哪个环节出问题了。但是他依旧听不懂的样子,问:"什么合同?"

两个人在凝固的空气中对视。

女人平静下来,恳切地表达了自己的不解,请他明示。他无奈地坐在床沿上,抬起伤腿搁在椅背上,圆圆的眼睛看着眼前的女人,依旧无辜地摊摊手表示不明白对方在说什么。她绝望地盯着他,不相信仅隔一周时间他就丧失了这段记忆,难道他昨天晚上从楼梯上滚下去了,头磕在了坚硬的门槛上,"咚"的一下然后什么都不记得啦?她凑近了气恼地向他展示事先跟他谈妥的合同内容,试图唤醒他的记忆,显然是徒劳,看样子他已经不打算醒过来啦。

瘸子摸着受伤的腿,对眼前这个外地女人的陈述表示虽然不知道她在说什么但是很感兴趣,希望她能容他回忆一下下,请她"离开一小时"之后再进来谈谈。然后他伸出手帮忙拉开房间的门,请她立即离开。

满腹狐疑的女人离开了。

"别忘了一小时后再回来啊!"他从二楼窗户里伸出胖脑袋,冲已经走到街心的女人喊,眼角笑得眯成了肉缝,牙床的红肉露出来,像他腿上的洞。

一小时后,皮日休折回来,刚推开二楼房间的门,差点呛死在门口，屋子里浓烟弥漫、雾气腾腾，似乎有人在作法祭天，其实是有人抽烟。她在剧烈的咳嗽后逐渐平静下来，用手费力地拂开烟幕，昏暗的光线中，浮现出一大群穿黑、灰色西服的戴宽沿墨镜的中年男人。每个人嘴里都叼着烟，吧嗒、吧嗒地抽着。不羁的脸上沧桑纵横，眼袋明显下垂，西服大都皱巴巴的，以屋子中央跷二郎腿的男子为中心簇拥摆阵，顿时挤占了大半个屋子的空间。中心被簇拥的男子显然是他们领导，看上去约莫四十岁或更老一点，没有脖子，跟他宽阔的西服里面瘦小的身子相比，脑袋便显得异常巨大，像直接安装在肩膀上。下巴搁在胸前，一张灰色的脸上长满痘痘，鼻子上架着一副大得出奇的蛤蟆墨镜。他此时正歪着脑袋透过大蛤蟆镜片端详红头发的女人，两手反过来交叉合拢、伸直，再正过手来搓动。

瘸子春光满面，笑得合不拢嘴，在一旁点头哈腰地递烟、递茶水，见女人进来，喜滋滋迎上来，赶紧两相介绍："这是我三哥，鼎鼎大名的三哥，对我最好了，我俩一起长大，我刚受伤的时候三哥还背我上学放学——喏，这就是想租我房子的小皮……外地人……你帮忙把把关。"

他凑近三哥耳边耳语，三哥点点头。瘸子得了指令，便扭头对女人说："左转一下。"

她左转了一下。

"再右转一下。"他得意地又说。

她右转了一下。

"转上一整圈吧。"

于是,她转上一整圈后还干脆地赠送了一圈,直到三哥一摆手示意停,瘸子高兴地说:"可以了。"他又凑近了问三哥:"怎么样?"三哥摇摇头,给了个否定的手势,又对他一番耳语,瘸子不住地点头,这才如获重释、笑逐颜开,对她说:"你可以走了。"

她就这样莫名其妙地走了。

她走到大街上,漫无目的地转来转去,越想越气,不一会儿又转回七一街23号商铺面前,打算冲上去问问瘸子到底是什么意思。这几天没注意看,楼下商铺的古玩店居然已经开门营业了,没有任何搬家走人的迹象。两三个面目模糊的男人在里面窃窃私语,时不时探出头望街心的行人。瘸子出现在二楼的窗口朝她招手:"小皮,你上来。"

小皮一进门,用意念掏出合同摔在他的胖秃头上,最好还补上一脚——当然她不敢真这么做,而是堆上满脸的笑容请他解惑:何大哥呀,刚才那群烟雾缭绕的人让我转圈圈儿,是想干什么啊?他卖关子不急着回答,却恭喜她通过了测试,证明她是一个好人,说他可以跟她签合同了。瘸子洋洋得意地告诉女人,缘起今天这个有雾的早晨,他从长长的梦魇中醒来,心里越想越不踏实,便打电话给三哥:"三哥,我的铺子要租出去了,我怕被人骗,你知道外地人最会骗人了,我们本地人是不会骗的。"

三哥说得慢条斯理:"你还有什么可以叫人骗的?我怎么不知道。"

"我是个有铺子的人啊,而且我是个男人。"

"你收房租就行了,你怕什么呢?"

"我怕女骗子用美色来引诱我。"

"我的天老爷啊,这方面你大可放心。"

"不,三哥,我不放心。"瘌子说他当时快急哭了。

最后架不住他的软磨硬泡、再三央求,三哥及小偷公司骨干领导班子只好全体出动帮他辨认,经过刚才的审视,全体一致通过一项决议:此女绝非骗子,断断没有用美色引诱瘌子的可能。

盖好人章。

皮日休坐在沙发上一声不吭,她看着眼前的黑胖脸蛋上的痦子与痘坑——它们在黑胖的底子上随着表情变化而起伏,时而舒展,时而紧缩,一会儿又平平地摊在油里,像地里无辜的庄稼。瘌子讲累了,歇下来喝了口水,然后神秘地说出他心里的一个计划,保证小皮听了拍案叫绝,"你想租我的铺子,得先想法子赶走古玩店的老板,因为我跟他的合同还有好几年才到期呢。"

皮日休大惊失色,这下真着急了,站起来摊着手不知所措:"什么,您之前可不是这么说的呀。"

"不,你肯定记错了。"他同情地看着她。

办法不是没有,看你敢不敢了。他对小皮的处境表示深切同情之后,慢条斯理地说出了一个主意:"对,没错,你花三千块钱,我负责雇人打古玩店老板一顿!打到他搬家。"

皮日休的白日梦

皮日休把瘸子当时说过的每一句话背了一遍，配合表情与动作演示给胡美美看，让她帮忙分析、出出主意。胡美美有了珍宝岛留下的钱加持，加上仅存不多的美色游说房东减免租金并允许分期支付，迅速盘下了河边一家小饭馆，正在筹备开业。她顿时在皮日休眼里增添了光芒，皮日休大事小事都愿意听取她的意见。此刻，皮日休急得像赶集路上遇暴雨，进又没胆，退又不甘，失去了往日的高冷神气，萎坐在客栈胡美美的房间惶恐不安。

"美美姐，他说只需我出3000元，他会找专业人士出来打，专款专用，保证打得妥妥帖帖、仔仔细细，既不叫古玩店的租户死，也不叫他受大伤，骨折必定不会发生，肉上挨顿饱拳，吓走退租就可以了。"

胡美美抽着细白的烟，静静听了半天，最后给出了跟上次相同的意见："这人就是个傻×。"

多的话胡美美不想再说了。

第二天,皮日休熬不住了,决定再去七一街23号一探究竟。那天是个明艳的日子,梨花落尽,风软绵绵地抚摸着何是光油油的胖脸蛋,他眯着眼儿静静听楼下她的脚步声近了,旋即"吱呀"推开楼下的门,一口气跑上二楼,出现在自己面前。皮日休打定主意今天一定要个痛快话儿,到底能不能租到这个店铺,希望瘸子明确回答。不过她一进门,瘸子就把她的立场先给抢了:"你到底租不租我的铺子?赶紧给个痛快话!"

现在轮到皮日休蒙了。

"想租就不要磨磨蹭蹭,咱们赶紧现在就把合同签了。"瘸子把手一挥。

人生的大喜大悲来得太快,叫人反应不过来。他似乎忘了上次让她出资雇人打架的事,皮日休大喜,也许他已经用和平的方式解除了跟古玩店的租约,连忙把打印好的合同文本递给他,请他过目,如无异议,现在就能签署。她从包里掏出事先准备好的两条价值四百元的红河烟,装作随意地搁在茶几上,嘴里说:"不知道您爱抽什么牌子,就随便买了点,请笑纳。"为了省钱买烟,她把最近的早餐也戒掉了。眼见瘸子没有反对破费,她心里一直紧绷的弦稍微松了些。

何是光今天看起来精神不错,腰板挺得笔直地坐在床沿上,破烂的西服拉得平平展展,发黄发硬的白衬衫领上的扣子也扣得严实,他瞟了一眼烟,装作没看见,手里拿着合同认真看,一边看,一边啧啧感叹:"小皮,说真的,你不容易我知道,为了帮你,我也不容易。"

"谢谢您成全我的梦!"

"我也有梦,一个四处旅游的梦。"

"您可以的。"

"我在汽车站门口摆摊的时候,最喜欢看南来北往的人,他们腿脚利索,想去哪儿就去哪儿。"

"何大哥,你是个好人!会有好报的。"眼看梦想成真,她激动得双手合十,眼里湿润。

"你的合同拟得非常好,到底是艺术家,文化就是高。"

"您这是鼓励我。"皮日休掏出笔,紧张地在手上试了试水,确认能流畅书写,这才递给他。何是光拿起笔,作势准备签字的时候,突然又停下,他招招手,让她过来,他有"一个宝贵意见要提"。红头发女人满脸堆笑,连忙凑上前去,帮他从烟盒里取出一支烟递上,找来打火机帮他点燃了,然后小心翼翼地说:"您觉得哪儿要补充的,您只管提。"她想,只要能不涨租金、按季度付款,就不会有什么她不能承受的修改。

他憨厚地笑了笑说:"已经写得很好了,我没啥意见,我就只是想修改一个小细节行吗?"

"没问题,您说改哪?"

瘸子用胖胖的手指点着合同,她顺着他的指点看去,在合同正文中找到金额，指着它说："月租金不能写3000，而是要写3500，多写五百，你不要担心，我不是坐地涨价，实际上还是按3000收取，合同上多写的金额，你不要付，但是你得这么写。"

皮日休的脑子不够用了，她不明白为什么要在合同上做假账。

"小皮，如果你听话的话，就不用交这个钱……但是如果你不听话，你懂的。"瘸子圆圆的眼睛盯住她，脸上露出微笑。小皮意识到问题的吊诡，却不知问题出在哪里，有些慌了神：

"何大哥，'听话'是什么意思？"

"你好好想想嘛。"他意味深长的眼神又瞟了她一下。

"您不愿意租给我吗？"

"我很愿意呀。"

"那您、您这是为什么呢？"皮日休三两重的脑容量已经被绕晕了，实在不明白他这么做的目的是什么，她摊着手，无可奈何地看着他。他端起穿着彩色毛线编织杯套的水杯喝了口茶水，拄着拐杖在屋子里慢慢踱步，左腿瘸得更厉害了，看来草药并没有起到多少作用。屋子里弥漫着酸腐、发臭的味道，灶台上的碗筷长出了青青的绿毛，一只迷途的蟑螂急速越过椅背跳上灯罩爬上灶台，直奔一堆碗去了……它以为碗是故乡，绿毛是故乡的森林。

不过他踱步再三，眼见红头发女人还是一脸蠢相，瞪着死鱼眼看着他，打算终生悟不过来的样子。她完全不解风情，只是一味催促他"明示"、尽快揭晓谜底。何是光终于对她失去了耐心，逐渐烦躁起来，用拐杖咚咚咚敲击地板，提示这是一道送分题。他说："小皮，这合同只是一个形式，你要是听话，这合同就不起作用，你懂了吗？"

"没懂。"她老实说。

"你要是将来不听话，就得按合同每月多付我五百元。"

"什么叫'听话'？"她更加不懂了。

"听话就是答应跟我好。"

"什么叫'跟你好'？"

他不肯正面科普什么叫"跟我好"这个问题，但是愿意示范，于是他走到她面前，用右手用力地揉捏自己的裤裆中央，揉捏了几下，说："你如果肯跟我好，至少能保证每个月陪我睡觉十次，合同上多出来的五百元就不用付了。"

他相信五百元就可以让她就范。

"我还是没懂。"

话虽这么说，皮日休走到窗边眺望远山，光滑如天鹅绒般的脖颈在这一刻迅速长出人生第一道皱纹，横跨全颈，将脖子完美地剖成了上下两半。五彩袍子沿着她饱满的身材垂贴下来，失去了街头风起时的俊逸样子，凸现她减肥失败的肚腩与先天短腿。

"您原来是这个意思啊。"她喃喃地说。

瘸子心花怒放地朝她挤挤眼睛,揉捏着裤裆里的东西说:"你别看我左边腿不行,其实,我身体相当可以……你放心,我三天干你一次完全没问题……你的八字我找人算过了,咱俩命中注定有一段孽缘。"

这不,皮日休终于拿到了答案。

不过一点儿也不影响她当时的心情,她径直走到门边向他告辞,由衷地对他说:"何大哥,你是个勇敢的人儿,你比我勇敢——再惨淡的人生你也敢于直面。"

她的大哥听不懂她在说什么。

她就这样走了。

瘸子追到门口楼梯间朝她抖动手里的包养合同,薄薄的纸在他手中抖得哗哗作响,他问她难道忍心让这一个月的美妙相处所建立的珍贵感情付诸东流?"一个月啊不是几天!不是几小时,更不是几分钟!"他满怀希望地说自己"相信缘分",是一个重感情的人,希望她赶紧考虑好了,尽快回来签字——"我非你不签!"他望着她的背影,用拳头捶着胸口大声坚定地说。

她走下楼梯,频频回首向他挥手道别,一遍又一遍。

那天,皮日休走出七一街23号,走了很远回头看,依稀还能看见七一街23号的二楼窗口的瘸子,他正探出半个身子向她挥手、张望，像一只捕鳝鱼的篓子在水波荡漾的春天里张开它的倒刺。

第四回
蚂蚱先生

我当时雇佣的店小妹、摩西女孩桂梅曾经对我说：蚂蚱先生其实是一只老蝙蝠，他像书里的诗歌一样活着。她临时爆发出的令人吃惊的比喻让我瞬间觉得浸泡在细雨中的歪脖子杨柳树和树下垂暮的病狗特别美好，事情仿佛不是我们用肉眼看到的那个样子。

月光城

我刚来夜黄城的时候，就认识蚂蚱先生了。

在这个夜黄城，你要说你不认识刘德华有人信，说不认识蚂蚱先生是绝对没人信的。这么说他是边陲小城之天王巨星喽？NO！蚂蚱先生只是一个靠草编蚂蚱为生的干瘪小老头。这不打紧，一点儿也不影响他声名在外。夜黄本来就不大，蚂蚱先生作为夜黄城"诗意栖居"的开山鼻祖，是最早一批到达夜黄镇自我放逐的都市人，这一"旅"就"旅"了好多年（实际时间不详）。资深驴客们在夜黄镇昏暗暧昧的地下酒吧说起蚂蚱先生流传江湖已久的讳莫如深的来头，宛如西餐宴席的开胃例汤，忍不住都要摆上一道，结果发现各自版本不同，无一能对得上。有人说他来自某所高等学府，会好几国语言，一顿能吃十八个包子；也有人说他其实来自昆明郊区，以前摆摊卖艺杂耍，跳起舞来能吓死人，跳一晚上也不闭眼；更有人说他编蚂蚱的本事是梦中所得，属于神授，一觉醒来就开始编各种各样的物件，草房子、草衣服、草扁担、草床、草碗……天上飞的、地上跑的、水里游的，无所不编。各种传言自相矛盾，但都有鼻子有眼儿，相互指责对方瞎说，正版在自己这里。

活人哪能让故事憋死啊。

于是江湖广为流传的终极版本是经过了各种考验，将各个酒吧的各种版本交汇在一起，相互补充与完善，最后整出一个变形金刚：蚂蚱先生的经历是上述版本的总和，人们认为那些事他全干过。

事实上，星星还是那个星星，蚂蚱还是那个蚂蚱。

任人们怎么造神，蚂蚱先生不为所动，既不辩解，也不否定。他继续像蜜蜂一样勤奋，每日清晨，天麻麻亮，人们第一泡尿还没来得及撒，他已经起床数小时，忙完了洗漱、早餐、采草、编结，拎着刚编好的三只蚂蚱满街乱窜了。

他一路走，一路挥手跟早起的街坊打招呼：袁老板好气色呀，祝你今天愉快。

倒尿桶的袁胖子通常懒得理他，鼻子哼哈一声，算是应过了。

胡先生早上好，祝你今天愉快。

七一街开茶叶铺的福建人胡老板就有礼节得多，他会点头回礼：祝蚂蚱先生也愉快！

木老板早上好，祝你生意兴隆，也祝你今天愉快！

"愉快啦，老子天天愉快！"答话的人是户外运动俱乐部老板、摩西人木美玉,七一街23号瘸子房东的远房侄子,同时也是一名优秀的无证导游。他长得五大三粗,头却极小,小巧的脑袋极不相称地生长在辽阔的肩膀上。木美玉书念得不多,但是想得太多,有限的才气在狭窄的气管里打不过转来,把嗓门都憋尖细了。鉴于他最大的优点就是对自己所不理解的东西有着本能的敬畏,就不在乎搭几分钟时间陪蚂蚱先生聊几句,只是木美玉的话翻来覆去也就那几句:啊么么,生意兴不兴隆就无所谓嘛,蚂蚱先生你是晓不得啊,钱对老子来说是身外物,生不带来死不带去,赚那么多做什么啊?至于愉快这回事,就不在老子话下了,小酒一喝,小妞一泡,小风一吹——啊么么,老子天天愉快得很啦!

当地人搞不清"不晓得"与"晓不得"有什么不同,他们用来表达同一种意思,不过,好像的确是同一种意思。木美玉经营一家袖珍型的专业野导户外俱乐部,专门招揽大城市来的游客徒步猫跳峡、米城等貌似惊险,其实惊险个屁的地方。他不管天气合不合适,整天一身皮衣皮裤皮帽子造型走来走去,在街坊的记忆里,他仿佛打娘胎一出来就没换过衣裳。他够酷,却不幸有个女人的名字,这事确实不赖他,得赖他爹,当年火烧眉毛地盼生女儿,却生生盼来一个白胖的男婴,却还是坚持取了女孩儿名聊慰心愿。名字成了木美玉一生的痛,混一个在夜黄镇叫得响且有好彩头的外号成了他比泡有钱妞更强烈的愿望。感谢神，在他三十岁生日那天，木美玉以一身复古飞行员的超酷造型跳到餐桌上蹦了两分钟（没摔死算他命大），便赢得一个迅速传开了的诨名：木大少！

木大少，这个名儿我喜欢！他心里说。

诨名木大少的木美玉心情好的时候，不介意跟蚂蚱先生闲扯，他非常不解地问干巴小老头：蚂蚱先生，你兜里没钱，却还天天起这么早干什么啊？你应该学我天天睡懒觉，睡觉好哇，很多科学家都是在睡梦里得到上天的启示，把醒着时候办不了的事儿给办了。对了，你今儿看我是起得早，可你不知我是因为尿急。我如果是你，我就天天长睡不醒，一个人口袋里一分钱也没有，还活着干什么？这不摆明给自己找不痛快吗？

早睡早起才会有健康好身体，你才会愉快。蚂蚱先生说。

木美玉每次跟蚂蚱先生聊天都是这么有激情，话可密了，人家回一句，他能接着聊上十句：啊么么，蚂蚱先生你太懂生活啦。健康最重要，这话不假，但你不晓得我天天这么愉快，是因为我是土生土长的夜黄本地人，我们夜黄人有太阳时开心，没太阳了还是开心。哪像你，一天到晚皱着眉在街上走来走去，你天天这么走来走去到底想干什么啊？你天天这么走来走去，是走不来好心情的。你不像我，我还有两处大院子，一年光租金就够我吃喝三年。

蚂蚱先生骨格清奇，谦虚谨慎，从不乱讲话。他停下脚步，歪着脑袋认真听完,将木大少的话语里面纵横交错的逻辑经过思索之后一一捋顺,沉吟半晌,然后认真地说:木老板,你是对的!开心是一天,不开心也是一天,所以我们只要还拥有阳光、空气和水,我们就应该开心。

你又在乱放屁。木美玉揭穿他说。

呃,什么?

我说你在乱放屁,你还不信。

木美玉笑嘻嘻地丢了一支烟给蚂蚱先生,再给自己点上一支,又打开了话匣子:蚂蚱先生,咱们夜黄哪来的阳光啊?不要提阳光不阳光了,我上小学五年级时太阳就没有了,直到现在也没影儿。不过没了就没了呗,没了更好,钱来得更快喽。瞧瞧,大城市的人疯了似的涌过来,说明咱们这儿才叫好日子。再说,光喝水、喝风、晒太阳就能快活起来,那我们拼命找钱做什么?还不是为了更快活一点!

"木老板,祝你永远开心。"

蚂蚱先生丢下这句话,晃着干瘦的小身板,急急地跑掉了。

我,皮日休,在夜黄城开了一家造梦工作室,专门缝制奇形怪状的衣裳给那些对生活不满的人。门前左边有一棵高大的歪脖子杨柳树,春天长满一头翠柳眉儿,冬天挂一身灰绿色弯弯曲曲的叶子,像方便面,又像卖烤奶片的梅三娘用火钳烫坏的头发。树下有两条长长的石板凳，板凳上面睡着游人，板凳下面睡着病狗。据说以前这树不歪，俊俏端正着呢。街尾卖炸血肠的老奶奶说，太阳丢失的那一年，青天大白日，一声响雷把树给劈歪了，从树杈中间，半拉身子朝天，半拉身子朝地。你要追问太阳是哪年丢失的，她肯定回答：记不得喽，记不得喽。太阳丢失后，夜黄镇的生活没啥分别，反正在月亮照耀下，日子依旧细水长流。时间随之而来变得混乱。人们脑子记不住事，刚干过的事很容易忘记，例如刷牙、倒垃圾、欠人钱。脑袋像漂浮在无边无际海面上的葫芦，朝前、朝后、朝左、朝右都是时间的汪洋，索性也踏实了。胃口变得空前好，总想吃，总觉得吃不饱，越吃越香，越香越想吃，餐馆一家紧挨一家，蔓延至雪山脚下，家家生意火爆。

晚上我吧嗒吧嗒踩缝纫机，缝一些奇怪的衣服。白天我坐在影影绰绰的店里发呆、等客人来。偶尔才能等到我的朋友胡美美过来串门。我们一起在旺季、游人多的时候抱怨他们打扰了我们夜黄的清平安乐，在淡季来临、游人散去时却又倍感失落，充满被抛弃的怨尤，为日益上涨的房租发愁。

蚂蚱先生跟木美玉寒暄完，从我店门前经过，我透过室内昏沉暗淡的光影望去，他站在明亮的街心朝我们伸长了脖子，眯缝着双眼仔细往屋里瞅，估计寻思老板娘在不在呢？我连忙扔掉手中的猫，跑出来喊他："早上好，蚂蚱先生。"

他顿时高兴起来,咧着嘴笑:"皮小姐早上好,大家一起来呼吸新鲜的空气吧。"

我说:"蚂蚱先生,今天蚂蚱编得肥不肥呀?我想选一只肥嘟嘟的。"

通常这个时候他会有点不好意思,扭捏起来,照例说,不肥不肥,蚂蚱肥了不好,肥了就不轻盈了,不能飞,变平庸无用的虫子了。嘴上虽这么说,但他还是很高兴地从身后倏地亮出三两只机灵活泼的碧绿蚂蚱,只只编得都好,腿脚、胡须、眼珠等样样俱全,用纤巧坚韧的草梗挑在尖尖上,微微一晃,翅膀直颤。好蚂蚱就是不一样,捏着草梗端头,轻轻一摇,顿时活灵活现。

"蚂蚱先生,这只肥,编得实在好,起码得值十元钱。"他着急地摆着手,脑袋直摇,死活不干。说这样不行,这样是坏规矩,蚂蚱无论胖瘦大小一律三元钱一只,童叟无欺。我坚持要给十元,他坚持只要三元。正拉扯着,对门烙画店老板娘春籽闻声过来帮忙。她伸出灰白枯骨般的手爪子拎过我选中的草编蚂蚱,凑在眼跟前,如鉴宝般看了又看,然后清了清嗓子,严肃地向蚂蚱先生提出了以下几点意见:一,蚂蚱有好坏,好蚂蚱就得值更多的钱,这是天公地道;二,蚂蚱卖便宜了,这是打击了夜黄的经济,害得大伙各行各业都不好意思涨价,坑了一条街;三,这只胖蚂蚱明显又费工又费料,凭什么不值十元钱?

他低着头不吭声,收了十元钱,很羞涩地走了。

第二天,他故意躲着春籽走路。

偏偏一不小心让春籽发现了。生怕她强买,不等她凑上来说话,蚂蚱先生飞快地逃掉了,逃得远远地朝她挥手,着急地说:"真的,蚂蚱今天都是瘦的,瘦的。"在他身后,紫红的三角梅花儿落了一地。

一只老蝙蝠

蚂蚱先生租住在梅花落巷深处大杂院内一间黑漆漆的小房子里。他活得像一只老蝙蝠,悄无声息地出现,悄无声息地消失。天未明,他便已起床开始准备早餐,将一只玉米棒子或半块红薯用水简单冲一冲,撒上一点点盐巴,放入一只锈迹斑斑的电饭锅,加点水,然后按下按钮。等饭熟的工夫,蚂蚱先生也不闲着,例行在院落空地上开练自创的拳。我一直猜想名字该是蚂蚱功才对:他像蚂蚱一样跳来跳去,蹦上蹦下,忽左忽右,集合蛤蟆功、迷踪拳、猴拳于一体的蚂蚱功打起来才有看头,这是我臆想中蚂蚱先生的风格。

可是我猜错了,据悉,他练的是"自然功"。

自然功是什么功?天晓得。蚂蚱先生说:这个名字舒服、顺耳,看似信手拈来,实则别有深意。按木美玉的猜测,蚂蚱先生发明这套拳术时所秉承的信念主要依据杜甫的一句诗:念天地之悠悠,独怆然而涕下……呃,这不是陈子昂的诗吗?木美玉讨厌被质疑,他不耐烦地说:"我说杜甫就是杜甫。"

自然功，主要靠眼神与四肢的抽搐来完成……

打完独家拳，用罢早餐，蚂蚱先生便往郊外出发采集编蚂蚱的原料：菖蒲、莲叶、芦花叶等，开始一天的光景……到了晚上，天未黑透，大杂院其他租户各家纷纷掌灯，聚在月桂树下接着喝茶吹牛。眼见他端着瓷快掉光了的漏水脸盆从院中间走过，来到院角落水泥台垒起的公共水池边，往毛都快掉光了的牙刷头上抹了点牙膏，塞进嘴里胡乱搅和一通，吞口水再吐出来，破布片泡湿了往脸上一抹，算是洗漱完毕。然后他跟谁都不寒暄，端着漏水脸盆迅速钻进昏暗房间，"哐"的一声闭上房门，灯也不开，大概是直接跳进被窝睡觉了。走进去就不会有任何动静，屋子里不像睡着一个活人，直到第二天早上他走出来。

梅花落巷不长，二百米左右的街道弯弯曲曲，青石板路两旁搭着高大的木制花架，上面层层叠叠爬满了紫到病态的三角梅，微风一吹，花便落一地，这大约是巷名的由来。蚂蚱先生似乎对这种紫艳得逼人的花儿没什么好感，他之所以入住此处，是因为找不到比这条街更便宜的房子了。人们经常看见他从梅花落巷进出时，皱着眉捂着鼻子，很不情愿地踩着落花快速走远。

这花不好，很不好，不干净。有一回，他对卖烤奶干的梅三娘说。

梅三娘那年三十多岁，住在他楼上，是个眉眼儿乱飞、走路咚咚咚咚咚咚的女人。她有一个患有自闭症、拒绝和任何八十岁以下的人说话的七岁儿子，以及一个性格深沉内敛、酷劲十足的无业丈夫。梅三娘常年把摊子支在梅花落巷的巷口，铁皮小炭炉火烧得旺旺的，铁叉子卷着奶片，上面撒些白砂糖，往油火上一滚，奶片上没几下就冒出奶黄色的大泡泡，鼓得高高的，香味透出来，飘出半条街，两元钱一片，又脆又甜又香。阿甘、桂梅这个年纪的小姑娘最爱吃了，天天去买。梅三娘聊起蚂蚱先生，像聊一个外星人。

他还嫌三角梅不干净！我的天啊，桂梅，当时我真的要笑死了！梅三娘嘴里啧啧不停。

"那你笑死了没有？"桂梅问。

"我是差点死了嘛，又没说真死了。"

桂梅是个认真的好姑娘，她问得特别仔细：那你只能算当时差点笑死了。

是啊，我差点笑死了，喔喔。梅三娘横了小姑娘一眼，一脸愤然地说："你说说看，世上哪有这样不讲理的人，居然嫌树上的三角梅不干净？！太过分了，如果三角梅都不干净，世上还有什么东西是干净的？！良心？钱？咱们夜黄的石板地？天老爷啊，还有蚂蚱先生他自己那张千年不洗的老脸，哪一样是干净的？一样没有。桂梅呀，我告诉你，能比三角梅还干净的东西还没有生出来！如果有，那也只能是蚂蚱先生他自己装钱的兜。"

桂梅咬着嘴唇嘿嘿笑，不说话，她等着新烤的奶片熟。

很快，奶黄色的大泡泡冒出来，啪啪作响，白砂糖撒上去，吱吱响了几声，就起锅了。用牛皮纸包起，趁着热乎吃下去最香甜了。

桂梅小心翼翼地啃着奶片，一点一点地轻轻啃，生怕用力了会惊醒奶片，或者是怕它叫疼。我瞟着她，看她吃得这么细致，像春蚕啃桑叶，心里就犹如小猫挠。我寻思照她这速度，到天黑时她都啃不完一半。她吃得快与慢本不关我的事，我的确没有让她分一口给我的意思。如果我想吃，以我的收入，完全可以差她去帮我买二十片，我能从黄昏吃到天明，再买二十片从天明吃到黄昏。可是，员工成天端着这么个零食细嚼慢咽，就腾不出手来干活，就让我很气愤了。我对她说：如果你吃不完，可以分一半给阿甘吃，她嘴馋着啦。

阿甘坐在旁边两眼发直，盯着某个虚空的东西。

我不想吃快，是怕吃没了。这话桂梅也好意思说出来。当然她也好意思接着说下去：呢呢花不想吃，一是因为她怕胖，二是因为她没心事。她不像我，我有心事，而且装满了心事，心里不好受，所以得吃些烤奶片下肚，压一压。

第四回 蚂蚱先生

那你就不能吃快点？

不能，吃快了，费钱！她说。

好吧，我真倒霉。

我咕嘟着，从库房端出一大盆布料，撒上洗衣粉，打开水龙头，将水龙头连接的塑料皮管对准大盆，看着水柱哗哗啦又急又快地冲出来。盆中水位迅速上升，粉红色的面料浸透了水，顷刻之间变成了透明的深红。

蚂蚱先生闻名于街头巷尾，却没有带给他什么好处，恰好他最大的优点是对世上任何好处都不感兴趣。于是他越发出名了。蚂蚱先生结交大城市来夜黄旅游的各路英豪、名流雅士越来越多了，他们乐意与他合影、请他吃饭，听他讲简短的生活哲理，然后带着美好回忆离去，把他写进论坛、博客、旅行日志，对与夜黄有关的一切风物念念不忘。可是蚂蚱的生意却一年年坏下去了，有时候一天也卖不掉一只。当然也有很快就卖出了一天口粮的时候，只是这样的好运气愈来愈少。更多时候，是街坊轮流买他的蚂蚱。每当他运气好的时候经过我的店门前，手里捏着刚刚赚来的饭钱，看见我奔出来打招呼，就会很高兴地朝我挥挥手，不等我开口就微微朝我欠一下身子，赶忙说：皮小姐，我已经吃过饭啦！

蚂蚱先生，今天的蚂蚱肥不肥呀？

肥是肥，可是，我真的已经吃过中午饭了。他拿破旧的白手绢擦着脸上的汗说：皮小姐，我真的吃过了，而且今天的晚餐已经有了着落，多谢你的关心。我收工了，现在只是随便走一走散散步，跟老朋友们聊聊天。今天的晚餐将是桥头的眼镜厨子请客，请我吃黄豆面，还说特意要放点松茸一起煮。大家都知道我最爱吃松茸，纷纷要请我吃，所以我很困扰，一时吃不过来啊。

说完，他就赶紧跑掉了。

木美玉也爱买他的蚂蚱，他在苦闷的时候最爱买蚂蚱了。

那天，他青肿着一只眼，十根手指贴满了创可贴，胡须乱蓬蓬，按惯例终日一身仿"二战"时期美军飞行员的皮衣皮裤皮帽子，也不管捂得受不受得了，朝路过鸡肠巷的干瘦小身板挥着他的创可贴："喂喂喂，蚂蚱先生，快晃着你的干瘦小身板过来，跑到我跟前来吧，我要买你的蚂蚱，咱俩得唠会儿，就唠十块钱的！好不好？"

不好。因为我吃过了。干瘦小身板说。

"吃过了明天就不用再吃吗？"木美玉的小眼珠快瞪碎了。

小学毕业以后，木美玉没有再读过书，慢慢对人生有了很多困惑与苦恼，却得不到令人信服的答案，直到有一年，他爱上了艺术，困惑并没有因此减轻，反而把他的脑子搞得更乱了。

对，他的脑子经常乱糟糟的，跟他的发型一样，在现实里找不到精神出路，活得特别痛苦。想死，又舍不得家产。

形形色色优秀卓越的热心游客们曾慷慨解囊以毕生宝贵人生经验为依托，给他开过各式各样的药方，可他就是不肯照方子抓药，说是没切中病灶。诨名木大少的木美玉是个聪明人，知道解铃还须系铃人。你瞧，既然是女人给他种下思想的痛苦，就得用女人来缓解，多找女人，找各式各样的女人，找得多了，脑子里的病自然就好了。糟糕的是天长日久，岁月流转，他精神的痛苦并未减少，肉体的痛苦却来了，今天这儿不舒服，明天那儿痛，三天两头跑医院看大夫，主要怕肾出问题。这不打紧，他经常满不在乎地对我们街坊邻居说：你们啦，你们这些做小买卖的凡人哪里懂得起——比起心里的痛苦，生理的痛苦算什么呀！

"明天要吃。但是，明天吃的，明天再编。"

蚂蚱先生晃着他的干瘦身板，朝他微微欠了一下身子，回答得很周全，像传言当年在大学教书时解答学生问题一样认真。木美玉跺着脚又气又好笑，他用创可贴指着蚂蚱先生的鼻子，一副恨铁不成钢的架势，嘴里嚷嚷：蚂蚱老头，我敬你是个聪明人，因为笨人不可能当大学教授，像我这样小学毕业的人，得把你当神敬着心里才舒坦。我猜，你一定是聪明绝了顶，书读多了，就把脑子读坏掉了。真的，我特别理解你，因为我也是跟你一样的人！你明白吗？我现在很认真地向你讨教一个问题，你若回答了，我包你一年的蚂蚱——喂喂，老头，我跟你说话你听见没？麻烦你把耳朵竖起来，像小猫发飙时一样竖起来！好了，我开始问啦：你为什么放弃大学教授这么有前途的工作不做，跑到我们夜黄来跟我们这样的人混在一起？当然当然，我跟你是一样的人，只是我的脑子没坏掉而你的脑子坏掉了。我明白了，你肯定是爱上我们摩西灿烂的文化了？啊么么，蚂蚱老头，你境界不是一般的高啊！说真的，我还从来没泡过比你境界更高的妞。

木老板，我今天吃过了。

我知道你吃过了，我只是想知道，你为什么要过今天这种日子？

木老板，我今天很开心，因为我今天每顿都吃过了。蚂蚱先生丢下这句话，朝他欠了一下身子，还顺便举手敬了个礼，这才淡定离开。木美玉歪着脑袋呆呆地看着他的背影，一脸晦气，良久才转过身，朝我一摊两手创可贴，叹气说："皮小姐，我终于明白了，原来他的心比我的心还要痛！啊么么，你不要问我为什么嘛，因为这是你不会懂得的一种东西啦，很高级的心灵困境——你不会懂，因为你只是个裁缝。"

"我不是裁缝，我是个艺术家！"我愤怒地纠正。

朝生暮死

旺季游客多，蚂蚱先生不愁吃喝，淡季来临时，他有时候在大街小巷茫茫然窜一整天，也遇不到一个肯付钱买蚂蚱的游客。不是人人都需要一只草编的蚂蚱，它不是报纸天天有新内容，也不是油饼能当早餐吃下肚，蚂蚱长年累月翻来覆去只有两个内容：大蚂蚱或是小蚂蚱、公蚂蚱或是母蚂蚱。我坐在店门口的歪脖子树下，时常看见他穿着长年不换的淡灰色旅游鞋、深蓝色牛仔裤、斑驳破旧的枣红色夹克衫在细雨中疾行，手里拎着两三只可怜兮兮的草编蚂蚱，让人一看就知道他不光生意清淡，而且还没有吃饭。传闻他来到夜黄镇第二天就给自己即将开始的职业生涯立下了一个规矩：

今天吃多少顿，就编多少只蚂蚱。

他只会在交房租的前十天或半个月开始每日多编几只蚂蚱，直到凑齐即将交纳的房租费就不再多编，回到吃几顿就编几只的原则上来。一顿一只，绝不多编。蜂拥而来的游人日益增多，夜黄镇的物价越来越高，蚂蚱先生的蚂蚱只得越编越贵了。十几年前,一碗面五角钱就能买到,可以让他吃得饱饱的,他的蚂蚱就卖五角钱一只。现在不行了,荞麦鸡蛋面卖到三块钱一碗,去晚了就卖光了还吃不上呢,他的蚂蚱也涨到三块钱一只。有些人还嫌贵。为此他颇有些怅惘,或许三块钱一只的草编蚂蚱的确贵了些,但他就认一个死理:

桥西杨记面馆的荞麦鸡蛋面真的涨价了。

蚂蚱先生是个讲究人,比老石桥边卖黄豆面的眼镜厨子还要讲究。眼镜厨子说:今天卖不掉的黄豆面我绝对不会留到明天,宁可全家连夜吃掉。事实上有时候眼镜厨子做不到,炒脆后没卖完的黄豆面在夜里潮湿的雾气里慢慢泡软,偶尔难免会卖给第二天早晨某个怅惘如丁香一样的姑娘。这怪不了眼镜,因为他全家只有三口人,包括满嘴牙早掉光了的老娘,确实吃不下那么多剩面。

蚂蚱先生就不同了,他经常在夜里昏暗的灯光下翘着脑袋盯着卖不掉而搁置在被子上的一只或两只绿草蚂蚱两眼发直,看着它们慢慢萎谢、干枯、从碧绿葱郁到面黄肌瘦,总共也不消一袋烟工夫。"就没啦,没啦,说没就没啦,什么也没有了。"有一次,他站在街头,绘声绘色地对我描述他昨夜混合了神秘感的伤心滋味。

怎么会什么也没有呢?它们应该还在你被子上面站着或趴

着，只是变瘦小干枯不好看了，颜色也不绿了，黄黄的，像杂草丛中的蝗虫。我说。

没啦，真的没啦。他痛心地说。

是"嘘"的一下没啦，还是"忽"的一下没啦？

"它没有消失，好好蹲在我被子上面，跟我对视，可是已经不是白天生猛青绿的样子，胡须耷拉下来，翅膀低垂下来，像沙漠里倒毙的胡杨，"蚂蚱先生苦笑道，"蚂蚱如果离开水的浸泡，只需两个小时，它们的灵魂就飞走了，剩下干瘪的尸体，就什么也没有啦。"

我当时太奇怪了，为什么蚂蚱先生不肯将当日未卖出的蚂蚱用水泡着，让它们"活"到第二日再售。他更吃惊于我的疑惑，冷风中朝我直勾勾伸着脖子，眼睛瞪得像铜铃一样看着我，两手一摊对我说："它们是哪天编出来的，生命就应该属于哪天！朝生暮死，天经地义。"

据说以前不是这样的，以前蚂蚱先生根本不愁销路。他反思，并不是蚂蚱编结质量下降了，也不是人们不需要草蚂蚱，人们过去需要，就说明现在也需要。就好比自己爱吃荞麦鸡蛋面，过去爱吃，现在也爱吃，将来也打算继续吃。允许把鸡蛋换成白菜，可是面依旧还是荞麦面。只怪夜黄的小混混太厉害了，一拨比一拨敬业，他们三三两两出没在街头巷尾，像鸟儿在天空游荡，不盯卖草药的，专盯每一个可能卖草蚂蚱的人，随时准备没收两只，拿回家给孩子玩。

我说：蚂蚱先生，你确定是这个原因吗？

他认真想了想，皱着眉回答：我确定。

小混混家的孩子到底需不需要一只蚂蚱，这不是个问题。蚂蚱先生的肚子很快就会饿，才是个大问题。夜黄失去了时间的重量，大月亮不分白天黑夜地挂在夜黄的天空上，白天月光森森白，晚上月光白森森。花儿永远在枝头，树叶永远绿油油，没有了季节交替，模糊了时间的边际，夜黄人的时间概念慢慢钝感。人们在恒温不变的气候里晕头晕脑生活，胃口一天比一天好起来，见什么都吃，吃什么都香，家家餐馆门前车水马龙。

有一回，木美玉串门闲聊，牢骚满腹地对我说：奇了怪了，昨天我吃了八顿，两顿干的，两顿稀的，一顿甜的，三顿咸的，怎么现在还是饿得慌？

"因为你的八顿吃在了昨天。"我回答得很干脆。

可不是嘛，放眼望去，大街小巷，大人小孩，走路也不闲着，人人手里举着一串串油炸蜻蜓、油炸蝗虫、油炸知了之类的古怪东西边走边吃，嚼得满嘴香。夜黄的日子在月光照耀下像水一样流淌，到了电视上、日历上所昭示的冬季也浑然不觉，梅树叶子依旧像春天时一样绿，芍药花儿依旧像春天时一样红。他们爱向外面涌进来观光的游客打听：喂，你们那儿现在是什么季节了？冬天了？哇，难道这么快又到冬天了？请问你们家冬天是什么样子？转眼到了次年，阳春三月，细雨霏霏，摩西人的木房子泡在如烟如梦的雾气里，湿答答的。苔藓般油汪而嫩绿的猫断魂草从家家屋顶的瓦缝里钻出来，一丛丛，一片片，油汪汪的像韭菜。在周而复始没有阳光只有月光的日子里，得用魔鬼的毒汁浇灌才能在细雨天里生长得如此激情。按蚂蚱先生在那一年的记忆，算起来他到夜黄已经十八个年头啦，经过了夜黄的十八个春天。

在第十九个春天里，蚂蚱先生从鸡肠巷路过，因长期营养不良导致脸颊瘦得可怕，眼珠鼓凸出来，头发上、身上零星沾着杨树上飘落下来的柳眉儿嫩芽，手里拎着几只青青绿绿的草编蚂蚱，蚂蚱只只生猛，看上去的确新鲜可爱。经过我的店时他停住脚步，少不得要打招呼：皮小姐，早上好！

蚂蚱先生，早上好！

皮小姐，你是少见的勤劳人，早睡早起精神好，活到一百不嫌老。

我说：我不想活这么久。

他不太理解我的话，两手一摊：还有什么比健康更重要的吗？

我说：有啊，太多东西比健康重要了，你瞧，夜黄的雪山之外有什么样的生活？电视上的外地人真的比我们过得惨吗？猫断魂草为什么只有夜黄才有？关于这断魂草，我百思不得其解,为什么只有猫吃了才断魂,兔子或狗吃了却不断魂?我一边说,忽然恍然大悟:哦,蚂蚱先生,我明白了,兔子或狗不断魂,是因为兔子或狗没吃过,兔子或狗为什么没吃过?是因为断魂草从来只生长在高高的屋顶上,兔子爬不上去,狗也爬不上去,只有猫爬得上去。猫在断魂草丛中跳来跳去,像小孩拿着一笔巨款穿梭在美食一条街。

蚂蚱先生对我的言论完全没有兴趣,他向我抱怨夜黄的水质太硬,让他的胃受不了,米也不好吃,所以他一连十九年都没有吃过夜黄的米、喝过夜黄的水。为了健康着想,他只喝雪山上流下来的雪水。每周一清晨,人们还在晨曦的梦里未醒,他已经拎着用绳子串起的从四处收集捡来的大大小小的可乐塑料瓶、矿泉水瓶出发了,一路呼吸着"薄荷般新鲜空气"来到雪山脚下的黄龙潭出水口,咕咚咕咚灌满所有塑料瓶就够一星期的饮用水量。饮食方面,他推崇红薯、鸡蛋,尤其爱吃深山老林里的野生玉米。深山里有他的农民朋友,那些老农们进城的时候,会不定期给他捎来一筐野生玉米。捋了玉米须,稍微用井水冲洗一下,放入尖底铁锅,加点水,吊在火上烧煮。五分钟不到,野玉米的香味飘出来,满屋子都是。描述到这里,他两眼闭起来,深深吸了一口鸡肠巷混合细雨、狗尿、树木、汗渍的潮湿气息。

说到如何养生,他如数家珍,例如,若是吃荤,他只吃菜场上卖给猫儿吃的小鱼虾，只有这种鱼虾才是真正的绿色无污染食品。为什么？你瞧，不法商人往大鱼肚子里打药，让它们活得更久些，绝想不到在小鱼虾里做手脚，小鱼虾不经打，捏两下就碎了。至于水果，他最爱吃了，但是绝不吃市场上出售的水果，只吃金银湖岸边农户种植的没有打过农药的葡萄和苹果，除非他亲眼看见摩西人把自家种植的水果从山里背到市场来。说到金银湖，蚂蚱先生两眼放光芒，金银湖湿地是好地方啊，芦苇荡里芦花白，野鸭子成片成片飞起来像云彩。谁没在金银湖黄昏断桥上照过相，就等于没来过咱们古老的夜黄。

"夜黄有什么好？空有一千二百年历史，混到如今连个太阳都没有。"

蚂蚱先生的眼珠用力瞪着我，惋惜不已，像厨师瞪一条注过药水的胖头鲤鱼，可惜又无可奈何。他摇晃着脑袋，嘴里念念有词：皮小姐，你错了，你大错了，错得太厉害了。我说我错哪儿了？天空上不分白天黑夜只有一只苍白的大脸盆，人们叫它'月亮'难道不是吗？他继续晃荡着脑袋，瘦弱的脖子青筋直暴，朝我伸出一根食指，不等我猜测它代表什么，又伸出三根。最后，他一共晃动着四根手指冲着我："皮小姐，你瞧瞧这是几根手指？"

原来是考我一加三等于几，我放心了，嘿嘿笑起来。

我全神贯注地盯着他干瘦苍白的手——上面布满编草蚂蚱

时被菖蒲、水芦花叶片片割裂的深浅不一的细密伤痕,指关节处与掌心有明显的白蜡般坚硬的硬痂,看他接下来会出什么样的题目。店小妹桂梅笑嘻嘻地凑到他跟前,大声说:蚂蚱先生,你该修剪指甲了。

蚂蚱先生不理她,眼睛直勾勾地盯着我,晃着手指很激动地说了一箩筐话,提醒我们注意一个从来未被重视的天文现象:月亮变大了,而且越来越大,这说明什么?说明天有异象,此地必出异人,异人在哪儿?没人知道。夜黄没有太阳,白天却照样四处明亮。当初自己为什么不教书育人而跑到夜黄卖蚂蚱?一方面是受不了教室里的乌烟瘴气:你想想,在有限的空间内,五十名学生的嘴里呼出的气息各自混合了体液、没消化掉的隔夜饭、口气,全部混合交错在一起,浮在空中,一张嘴,就吞下去了,天啊,太可怕了;另一方面是因为受明月清辉的感召。说到此,蚂蚱先生当场作诗明志,诗云:

世人都说太阳好,没有太阳活不了,其实这是瞎胡闹,没有太阳更美妙;日出东山心焦焦,日落西头泪飘飘,长此以往不是法,大个儿月亮升起了;不喜月中黄金桂,独喜月下美娇娇,且饮香茶且吃鱼,长生不老乐逍遥。

诗吟完了。桂梅问他:异人是什么人?

异人,就是指长寿的人。他说。

我是亨利呀

隔两日,他又来了,进门前把蚂蚱塞进了夹克的衣袖,这才大步迈进来,喜滋滋地从怀里掏出一张皱巴巴小纸片,小心翼翼地展开给我看,上面是一串模糊的电话号码。他先朝我欠了一下身子,算是半鞠躬问候,开口说话了:皮小姐,早上好,愿你有个好心情!我需要借用你的座机打一个长途电话给我的朋友,可以吗?我可以付给你钱。蚂蚱先生待人永远是这么恭敬谦卑,严格按照旧时书里的礼数来履行。我连忙起身点头回礼,吩咐桂梅泡茶,对他说:蚂蚱先生,我非常乐意,也不会收您的钱,座机在这儿,您随便用,有什么需要叫我一声就行。

他递给我纸条,对我说:皮小姐,请帮我拨打这个号码,你打通后就递话筒给我。

大多数时候蚂蚱先生来我裁缝铺子借电话,会请我们帮他拨通再递给他。原因很简单,他怕电话按键与他的手指接触时传染不清洁的东西,所以要尽量避免。只是帮他拨打的电话号码很少有拨通的时候。有一回他拿着一个陈旧的黑壳塑料封皮小本子，里面零乱记录着几十个很久以前的电话号码，我帮他拨打时发现绝大部分已停用。当时我笑嘻嘻地安慰他说：蚂蚱先生，时代变化莫测，电话号码岂能例外？每当这个时候，他会木呆呆地站一会儿，眼神有些空荡荡，把小本子小心翼翼地揣进夹克的衣兜里，照例朝我欠一下身子，敬个礼，便走了。

不过，今天他运气不错，在嘟——嘟——嘟的长音之后，一个女人接听了电话。我高兴不已，连忙向蚂蚱先生招手，示意他快过来接听。他急急接过话筒，大声跟电话那端的女人寒暄起来："陆大姐，我是亨利呀！你还好吗？"

"亨利？"话筒里有些疑惑的声音清晰地传出来，我们都听到了。

"是我呀，陆大姐，我好不容易才翻找出你的电话。您忘啦，那年在北京参加全国教育部心理学讲师研讨会时，我坐在您前排，活动结束时拍大合影，我就站在您后排靠左边的位置。那时候我们多年轻啊，我记得当时我刚满三十一，您先生四十七，您那年有四十四了吧。时间过得真快呀，您和您先生现在身体都还好吗？多少年没见了！我刚来夜黄那几年，多亏您和您先生有心，一直关心我，托左腿打听我的消息，还专程来看望我两回。当时还送给我一顶帽子，深蓝色，上面有一颗金色的帽徽，花纹很好看，是您托您在国外的女儿专程帮我买的！您知道吗，那是我最喜欢的帽子，我戴了很多年，我一直很喜欢啊,只有睡觉的时候我才肯脱下来。前两年搬家丢失了,我难过了很久哇。它再也找不到了。"

"哦,哦,真不好意思。"

"陆大姐,您要保重身体呀,不用担心我,我现在很快乐,没病没灾就是享福。"这位英文名叫亨利的男人前额渗出细密的汗珠,眼睛里放着光彩,电话那端的人几次欲打断他,都被他急切地跳过,他激动地对着话筒自顾自絮絮叨叨起来,"陆大姐,我现在什么都好,就是睡不好,隔壁太吵了,害得我总做噩梦。夜黄不像当初刚来时那么清静了,人越来越多。白天虽说没太阳,可是月光白森森的,让我的眼睛不舒服,墨镜我也有了,我舍不得戴,怕戴坏了。所以我急需一顶帽子。我到处买不到跟您当年送给我那顶一模一样的,托了许多朋友帮我找,也没有找到一模一样的。陆大姐,能不能让您帮我再买一顶?上面必须有跟当初那顶一模一样的帽徽。"

电话那端沉默良久,对他说:"您好,我母亲已经于五年前的春天去世了。"他这才缓缓放下电话,把皱巴巴写有电话号码的纸细心叠整齐,又揣回怀里,虽然这些号码已经失去了意义,他已经没有能联络到的老朋友了。我抱着猫,透过镂空雕花的店铺橱窗朝街心望去,瞧见鸡肠巷两侧高大的粉色芍药树密密匝匝,落英与细雨交错缤纷,蚂蚱先生拎着两只蚂蚱越走越远,背影佝偻。

歌声献给离离姑娘

梅花落巷被人买下来了。

整条巷将拆迁仿古重建，预计被改造成一座气势如虹的超五星度假酒店。这个谣言在小城像风一样流传，人们像打了鸡血一样兴奋。街坊们串门窃窃私语，一致认为这是个好的信号。外地经商者看到了商机勃发的曙光，本地年轻人盼望用老宅子换钱，好趁机搬到日新月异的新城过现代化日子。只有一群鹤发鸡皮的垂暮老人表示反对。不过，反对无效，他们来不及上街示威，就在家里被儿孙按倒了。

梅三娘得搬家了，她四处打听哪儿有便宜的房子。

最先得到'蚂蚱先生即将离开夜黄去一个遥远的地方'消息的人是桥头卖唱的流浪歌手廖老二。那天，他草草吃完一碗康师傅泡面，没忘往碗里打两个生鸡蛋、加一把母亲邮给他的家乡的辣子面，用筷子搅拌几下，呼噜呼噜迅速吃下，一抹嘴就夹着吉他去街头上班去了。他小小年纪，一脸沧桑，模仿古装剧中落泊侠客打扮，脚蹬美帝国主义风格的大皮鞋，刻意蓄起的络腮胡子上挂着一点零星葱花。刚到桥上,屁股还没坐热,就眼瞅见蚂蚱先生沿河道上游朝大石桥这边慢腾腾走过来,手里照旧捏着两只瘦蚂蚱,眼睛里放着异样的神采。他在后来对李离离的描述里说,有一阵儿未见,那日蚂蚱先生看着明显胖多了(到底是胖还是肿,事实上他不能肯定)。蚂蚱先生垂着头,一只手插在夹克口袋里,鸭舌帽低低压住眼睛,脸上前所未有地浮着神秘温和的笑意,吓了廖老二一跳。

"蚂蚱同志,你是中奖了,还是泡妞成功了?"他一把拽住他的衣袖,笑嘻嘻地问。

"廖先生,请不要叫我同志,请叫我的英文名'亨利'。"

蚂蚱先生最不喜欢有人靠近他五十厘米内,以及碰触他的身体任何部位,包括衣服。此时他心情却没有受影响,只是机警而迅速地抽回衣袖,报以微笑:廖先生,我今天太高兴了,因为我要离开夜黄,去一个你们没有去过的地方。廖老二双手抱臂,笑得嘴都快撕烂了,晃着络腮胡子,嘴里直喷喷乱叫:哇哇哇,亨利同志,没有你的夜黄就不是夜黄了,你走了,我们活着就太没有意思了!真的,你没发现吗?夜黄有意思的人越来越少,他们一个个都离开了,有的死了,有的活着,但是活着的也像死了。蚂蚱先生温和谦卑地赔着笑,拱手感谢他对自己的抬爱,破天荒突破了五十厘米禁忌,凑近了,在离廖老二三十厘米时说:我要去远方了,你切切不要问远方在哪里,它在我心里,是我永远的故乡。摇滚青年听了百感交集,抱着吉他在出租屋里写了一夜诗。到了夜里三点时,他发短信给李离离:离离,你是我的太阳。

去你妈的。他的离离回短信说。

离离,你真的是我的太阳,我不允许你再去照亮别人。

我照你妈。他的离离又回短信说。

离离,我允许你照我妈。但是,不允许你再照别人了懂吗?你可知道,时光如流水,连蚂蚱先生都要走了,今天我在桥头遇见他了,他亲口说的,他说他要去他的远方!这世界变化快,而我还没有向你表白。

他的离离没有再回复。

这个时节正值夜黄乡下漫山遍野的洋芋开花,月光下,花海一片晶莹剔透,蔓延至雪山脚下。风轻轻吹,便卷起粉紫色的花瓣风,在天空中翻滚,向远远的天际散落而去。家家院落里的樱桃纷纷红了,从院墙上面探出枝来。个高的人轻轻一踮脚就能够着摘下来,塞嘴里轻轻一含就化掉了,甜得能让人当场蹲下。梅花落巷已不复存在,梅三娘搬去了石榴井,依旧支着小火炉卖烤奶片,还多了新的营生,在烤奶片的炉子旁边支了一个卖樱桃的小摊位。簸筐里装着刚采摘的带绿叶的樱桃,五块钱一捧,她用两只瘦手捧多少算多少。桂梅依旧坚持每天吃两片烤奶片,细心地从明亮的午后吃到黄昏掌灯,气得我直翻白眼,用力把缝纫机踩得哗哗响。桥西杨记面馆的荞麦鸡蛋面已经卖到五块钱一碗了,去晚了就卖完了。蚂蚱先生的蚂蚱也该涨到五块钱一只了。我好几日没看见蚂蚱先生,李离离说她这几天也没见过。梅花落巷拆迁后,没人知道他搬去了哪里。早些天还瞧见他在为什么酒馆向游客兜售蚂蚱,身上还是穿那件万年不换的夹克,脸瘦得凹进去了。

李离离是个美好的人儿,她有黑得像夜一样的长发,垂到小腿,发际时常插一朵大花,映着粉白的脸庞,黑眸在密集的睫毛里像星星一样闪烁。她在夜黄著名的为什么酒馆里当女招待,她多看谁一眼,谁就会发抖。李离离跟胡美美是好朋友,胡美美跟我是好朋友,我跟她也就成了一般朋友。那天她抱着一只捡来的咖啡色卷毛狗来我店铺串门,对我说:嘿,你知道吗?蚂蚱先生快要离开了,说是去一个从来没有去过的地方,据说他已经从风柳巷到杀鸽街开始挨家挨户道别了,就快到你们鸡肠巷啦……他挨家挨户告别,像明星谢幕一样感人。

哇,真的吗?我好奇不已。

当然是真的。

嘿,你说蚂蚱先生会搬去哪儿呢?

嘻嘻,爱上哪就上哪去呗。李离离说。

蚂蚱先生喜欢大眼睛,当然前提是得长在女孩儿美丽的脸上。在过去的好几年里,只要在街头遇见李离离,他在多数的情况下都会伸开双臂截住她的去路,一脸诚恳对她说:离离姑娘,我现在要唱一首《我的太阳》,献给有一双美丽大眼睛的你,可以吗?

李离离说:不可以。

蚂蚱先生说:好,那我就开始唱啦——啊!多么辉煌,灿烂的阳光!暴风雨过去后天空多晴朗,清新的空气令人精神爽朗……他紧闭双眼,哇哇哇地唱得高亢响亮,脖子憋得通红。引得围观游客甚众,严重时能把街道堵塞住,游客们纷纷喝彩。李离离硬着头皮听完,每次脱身之前总是不忘诚恳地向他请教一个非他而不能回答的问题:蚂蚱先生,我能问您一个问题吗?

姑娘请讲。

你下回还能唱得更难听一点吗?!

可以。蚂蚱先生每回都用袖子擦一把前额密密的汗珠,朝她弯腰微微薄欠一下身子,害羞地说。

事实证明,他是个说话算数的人。

木美玉的遗世孤独

李离离前脚刚走，蚂蚱先生后脚就进门了，肩上驮着一个灰白色塑料袋，上面写着"化肥"两个大字。他习惯地用袖子擦了擦汗，朝我微微欠了一下身子，算是行礼，便打开化肥袋子，提着袋底，袋口朝下一咕噜全倒在地上，东西全部滚落出来：一只遗失了壶盖的黑铁小壶，嘴还歪了些，不过并不影响使用，它平时是蚂蚱先生的爱物，他靠它煮茶喝；一只洋瓷小脸盆，瓷快掉光了，底部锈迹斑驳，有漏水嫌疑；两双皱巴巴的旧袜子，上面粘连着细密的毛球，有一只还在脚趾头处破了个小洞；一件六成新黑褐色旧风衣，不过似乎从来没见蚂蚱先生穿过；两个黑塑料皮面的小本子；一本集邮册，里面零星还有十几张邮票；一本破旧的书，封皮不知所踪，内容不详，蚂蚱先生似乎是用它来夹放照片，而不是阅读。我信手翻阅，发现里面密集地夹了不少泛黄的旧照片。早期照片中的蚂蚱先生年轻得出乎意料，头发乌黑发亮，身形挺拔，脸上绽放着光彩，张张照片都笑得脸快要裂开了……他指着书里其中一张当年毕业照中的英俊青年对我说：皮小姐，那个时候好多好多女生暗恋我哦。

哦，蚂蚱先生，时光不能倒流，往事不可追呀。我笑嘻嘻地说。

他捧着桂梅递来的热茶，很恳切地对我说：皮小姐，你是个好心肠的人，我决定去广西巴朗度我余生，那儿的水特别甜，空气很新鲜，生长着我爱吃的野生玉米。这几天向朋友们告别，很遗憾我没有钱买临别礼物送给大家。所以我把我所有家当背过来，你看看有什么东西，选一件你喜欢的作为我送给你的纪念……唔，对不起啦，皮小姐，我本来还有几件好东西，真的好漂亮，是当年外国朋友送给我的，国内可买不到呢，可是前几天已经先让七一街开茶叶铺的胡老板和菜场卖包子的老陈选走了。

我指着他刚到夜黄时戴外国军帽拍下的半张照片（另一半明显被刻意撕掉了）说：蚂蚱先生，如果你肯把它送给我，我将非常荣幸，也会一直珍藏。

他开心地笑起来，连连说好，对着照片絮叨许久：时间过得太快啦，这也不意外，世界永远是流动的。你瞧，这么多年过去喽，我唯一没料到的是我黑了很多。你瞧，照片上的我多白净，谁也没有想到，月光也能把人晒黑的呀。

是啊，谁也不会料想到真的会有这样一天啊。

蚂蚱先生的生活如此无趣，为什么还盼着长寿呢？

我想不明白，木美玉也一直想不明白。在蚂蚱先生离开半个月后，木美玉拎着自己那只价值百元的昂贵蚂蚱（这只蚂蚱是蚂蚱先生临走时卖给他的，为了表示对知识分子的仰慕，木美玉坚持付了一百元大钞），摇晃着他三两脑容量的脑袋来到我裁缝铺里闲聊。蚂蚱依旧碧绿青翠，胡须根根威风挑着，翅膀微微震颤，细长的挑棍轻轻一抖，蚂蚱即作振翅欲飞状。我吃惊不已，草编蚂蚱在高原非雨季时节干燥的空气里，离开清水的滋养两小时后即会枯萎干瘪，平时蚂蚱先生沿街兜售时，只要不是雨季，他每隔两小时就会将蚂蚱浸泡在街边小河里约两分钟再提起，好让它们活泼泼地活到购买者手中。木美玉居然这么有决心有耐性地将蚂蚱一直养了半个月没扔掉，一直让它活着，可见木大少有多想念他呀。

皮小姐，你说说看，这个老不死的卖蚂蚱的死老头是不是疯了？

他正常得很。我说。

我看他是疯了。他玩着蚂蚱喃喃自语。

木大少，你少操人家的心，人家的境界比你高。

拜托，我是他的知音好不好？我为什么是他的知音而你不是，这是个大问题，大得超过了你的脑袋体积，你是不会明白的，因为你只是个做衣服卖钱的小贩。

木大少，你几时变人家的知音了？

老子一直是他的知音好吗，不过，老子实在想不通一个事儿，皮小姐你说说看，他既然境界比老子还高，为什么还想活那么久？我有两处大院子继承，手上还有点钱，我都不想活了，主动想死！他的兜比脸还干净，居然还想长命百岁！简直是疯了。

我嘿嘿笑个不停，指着他手中的蚂蚱：喔，得养了半个月了吧。

皮小姐，它这么贵，我当然不能让它枯萎了，一只破草编蚂蚱一百块啊亲，这恐怕是世界上最贵的草编蚂蚱了，我得让它活下来。木美玉晃着满手创可贴对我解释说。他的十根手指又缠满了创可贴，他为什么要缠这么多，的确是个谜。后来，据他亲口告诉他某段时间的跟班小弟巴五，他某段时间的跟班小弟巴五又亲口告诉桥头卖唱的廖老二，桥头卖唱的廖老二又亲口告诉李离离，李离离又亲口告诉胡美美，胡美美又亲口告诉了我，原来情况是这样的：

十指缠创可贴，可以治便秘。

这似乎能够解释木大少厌世的主要原因。木美玉对我笑嘻嘻的眼神所蕴含的恶意解读一向故作视若无物，装作满不在乎，事实上是很在意的。尽管已经有五湖四海的朋友与不请自来的女人，他每个月依旧能抽出几天时间沉浸在不被街坊四邻理解的遗世孤独里不能自拔。蚂蚱先生走后，他更觉得孤独了，将那只一百元买来的蚂蚱泡在金鱼玻璃缸里，放在户外俱乐部醒目处,缸口贴一歪歪扭扭的字条:什么都卖,唯独此蚂蚱不卖。成功抓住了潜在客户的眼球,害得他一遍遍向他们解释蚂蚱与蚂蚱先生的来历、他和蚂蚱不得不说的故事。情和义,值千金,上刀山,下火海,何足惜?皮衣皮裤皮帽子讲到激动处,用创可贴指着鱼缸里的蚂蚱提高嗓门反问倾听者:"情义有价吗?有吗?有吗?有吗?——没有!"

听者无不动容。据说有一位半生坎坷、饱经沧桑的有钱游客当场泣下,泪洒西装,包下他们半个月的游玩项目,生生让他当月的营业额上涨了两倍。

诈尸

蚂蚱先生为什么离开夜黄的最新解释来了。

"他摸了我……到处摸。"茶叶店胡老板家的小保姆言之凿凿。

人们不相信，没人会信，起初胡老板也不信。胡老板是个温和的人，他请小保姆坐下慢慢说，不要哭闹，不要瞎说冤枉好人。小保姆垂着头抽抽搭搭，两只手捏紧衣角，眼泪掉在裤子上。在小保姆的控诉以及目击者的佐证里，蚂蚱先生与她起初在菜市场的偶遇本身应该是一场未遂的爱情，为什么要这样说呢？

"他说他喜欢我的大眼睛……我以为是真的。"

奇妙的缘分从土豆摊前那一个烤土豆开始，他不是至尊宝，她不是白晶晶。蚂蚱先生当时就将她诱入一条小巷深处，替她详细而认真地检查了身体……

事情败露之后，蚂蚱先生飞快地逃掉了。

在蚂蚱先生离开夜黄四个月后，裁缝铺里的座机电话响了，是从遥远的某个街头公用电话亭打来的：皮小姐，我是亨利呀，你们大家最近都还好吗？我现在还在广西，这儿风景很美，可是太阳太刺眼了，像个发光的恶魔，烤得我浑身发软，一天到晚想喝水。地面一天到晚很热很热，热得我喘不过气来，走两步就想躺在地上睡觉。但是如果我睡在石凳上，就会有人来赶我；如果我睡在街头，就会有小孩子往我衣服里塞点燃的鞭炮和死去的老鼠、活着的蟾蜍。前几天我运气不错，有户人家愿意赠送我一张草席、一只枕头、一床麻质被子，邀请我暂时睡在他们的工具间，里面还有电扇可以使用……这儿真的有好多玉米，价钱也便宜，五角钱一个，比夜黄便宜一角钱。我吃得也好，就是睡不着，因为这儿比夜黄还吵，晚上附近的酒吧通宵划拳对山歌……卖蚂蚱的生意做不下去了，来了四个月，我一只蚂蚱也没能卖掉，因为街上有好多卖蚂蚱的同行。他们是本地人，世世代代编东西卖钱，是传统手艺，不光用草编蚂蚱卖，还用草编孔雀、知了、蝴蝶、蜻蜓、水桶、小房子、椅子、盛饭的碗、菜篮……前几天我亲眼见到一个男人骑一辆草编摩托车一轰油门呜呜叫着在大马路上朝我冲过来，幸亏我闪得快，好险啊。没错，草编的。嗯，皮小姐，我可不可以向你借一百元钱？请你帮忙寄给我，我想用它做路费回夜黄。皮小姐，等我回到夜黄，我可以编蚂蚱卖钱还给你。

我不是皮小姐，嘻嘻。桂梅对着话筒捂嘴直笑。

哦，什么？

蚂蚱叔叔，我是帮姐姐看店的桂梅，姐姐不在家。

经过了上回那么豪华隆重的送别仪式后，他就是夜黄城理所当然的故人了，我们还没来得及从告别的唏嘘中回过神来，他又跑回来不走了，形同诈尸。上次突然离开的原因也逐渐传开了，人们目睹了胡老板家的小保姆有一次在街口堵住他哭闹，用茄子抽打他的头。

天底下没有这个道理呀，木美玉气愤地说：这是欺骗了我们夜黄城所有人的感情。没有蚂蚱先生的日子里，一百块钱的蚂蚱被他当圣物一样用清水养得油光水滑，对着它思考人生的意义，思念那位隐士般的神秘故人，这只蚂蚱像一把钥匙开启了他的精神世界新的疆域，从此不一样了。木美玉还没来得及从中获得更多感悟，"蚂蚱先生这个老混蛋"就折返回来了。他在外面的阳光世界里快活了四个月，花光了临别时夜黄城老街坊们高价买他蚂蚱的钱——天地良心，那是大伙认为给他二十年后养老的钱，居然花光了，然后活像什么事都没发生一样折返。脸呢？难道蚂蚱先生出门时忘了带？

蚂蚱先生活像什么事也没发生。

他站在夜黄城街头，发现四个多月不见，夜黄人潮愈发涌动，月光下的日子红红火火，到处一片欣欣向荣。此时已到了电视上所说的"金秋十月"，刚刚过了吃野生松茸的季节，梅

174 　第四回 蚂蚱先生

子红了,酿酒正合适。附近城镇的黄皮梨熟了,石榴井的梅三娘在路口除了卖烤奶片,还卖起了娘家树上结的黄皮梨:五块钱一个,八块钱两个。街头的树叶子一片也没有黄,明亮月光照耀下,各种花儿依旧次第盛放。蚂蚱先生连房子也懒得租了,直接睡在大街上。清晨,他从河边杨柳树下的石凳上爬起来,算是起床了,袖笼里藏着数只草编的蚂蚱,长而纤细的蚂蚱挑棍露在袖口外面,从杀鸽街到风柳巷,从三眼井到七一街,步履匆匆地跟早起的街坊打招呼:

袁老板,早上好!

好个屁,房东又涨租金了。

袁老板,人生在世,只要不生病、身体健康就是好!

好个屁,交不起租金,我马上也要滚蛋了!哎呀,你个老蚂蚱,你不是走了吗?你咋又回来了呢!袁老板拿一双死鱼眼瞪他。

"广西的蚂蚱不好卖!"

他给了袁老板一个平淡而真诚的理由,就走远了,开始沿街叫卖袖笼里的蚂蚱,可惜应者寥寥。自回到夜黄始,他每日有意多编几只,希望能早日还清欠我的钱。他的话也多起来了,嘴变得唠唠叨叨,逢人就谈广西玉米的味道如何美好,可惜肯与他聊天的人还是慢慢少了,蚂蚱先生的白日梦做不下去了。

买蚂蚱的街坊越来越少了。

荞麦鸡蛋面涨到六块钱一碗的时候,夜黄有了国际机场。

街坊的面孔变化得越来越快,许多人已经不知道蚂蚱先生是谁了。蚂蚱先生遇到游客,他开始勇敢上前一边唱歌、一边推销每只六元的蚂蚱了。有曾经来过夜黄的游客邀请他共进晚餐,他要求饭钱折现,拿现金走人,为此伤透了游客的心。上次广西之行,让他失掉了茶壶、电饭锅、被褥等大部分家当,他也懒得再置办了,嫌费事、麻烦,也无必要。为了省下房租钱,他干脆每晚睡在街头杨柳树下。还说:这儿通风、透气、凉快,头枕大地,看星星也方便。

木美玉对我说:这回老头可是真疯了哇。

哥哥

我也搬家了,和造梦工作室一起搬至孤儿院旁边的现文巷。

桂梅病了,她天天坐在铺子里歪着黄脸,眼皮耷拉着瞅着地面,对客人爱搭不理,烤奶片也无法让她开心起来。饭也不做,菜也不买,只是偶然抬起眼无精打采地对我说:姐姐,我的魂丢了,你得帮我找回来。

她对我说这话时,我刚刚从菜市场买西瓜回来,手拿一把狼毒花。刚才卖西瓜的男人坚决要求搭售一把狼毒花给我,否则,他"宁可西瓜烂掉"也不会出售一个。我看了看他手中无精打采的黄花儿,又看了看地上青绿滚圆的西瓜,气愤地说:我是来买西瓜的,不是来买狼毒花的。

他很不高兴:你没看我的花儿都快蔫了吗,我大清早从山上采下来,到现在一口水也没喝上,它就要蔫了,还没人肯付钱买它,可是我的西瓜新鲜着啦,你吃着我的西瓜,赏着我的黄花,这不正合适吗?你不要小看它,你找一只空矿泉水瓶子,剪掉一半,然后装上水,把这黄花养起来,就可以像我刚刚从山上采下来一样好看。

我细想了一下,觉得他的话不无道理,便成交了。

我付罢钱,抱着西瓜与狼毒花回来,把西瓜递给桂梅,叮嘱她切一半留一半,狼毒花要赶紧找个空瓶用清水泡起来。桂梅接着对我絮叨说,她又是一夜没合眼,已经连续半个月没睡一回好觉,一闭眼,韩剧里的帅哥就在眼前晃,吃什么药也不管用,药钱已经花费了七十三块。

七十三块呀,可以买很多烤奶片。

刚才我去菜市场买西瓜那会儿,她正在药店买治失眠的药,话说是旁边一位好心大叔点醒了她:"娃啊,你这个病跟我家女儿先前的症状是一样一样的!是药治不好的。因为你没病,你只是中了邪。人只要一中邪,魂儿就丢了,你把魂喊回来,病自然就好了。"

桂梅回到店里,歪着脸好生前思后想,发现人家说得相当有道理。半个月前,她从老石桥上匆匆过。没留神在我裁缝店工作的范师傅买彩票回来,刚巧走在她身后,就笑嘻嘻地冷不丁从背后拍了她一掌,还大喊了一嗓子:"嗨,桂梅,你走这么快干什么?!"

的确是从那天起,她就再也没睡着觉了。

你晚上睡不睡得着,跟你的魂有个屁关系?我快气晕了。

有关系,太有关系了。她说。

既然她如此坚持，作为老板，我不能不管员工的死活，中西药都治不了她，所以我得帮她喊魂。桂梅广泛听取了街尾老字号茶馆里诸位老人家的意见，并致电石鼓镇喊魂经验丰富的母亲后弄明白了情况。原来是这样的：人们所说的三魂七魄，其中的三魂是分开管理，她本来有三个魂，其中一个魂放在石鼓镇的家里，另外两个魂她随身带着，前两个月被酒疯子吓走了一个，半个月前在桥头又被范老头一掌拍丢了另一个。我现在要做的是站在桥头她丢魂的地方，帮她把魂喊回来。干起来倒也容易，我吃罢晚饭，简单收拾了一下屋子，还特意洗了澡，去新城烫了个新发型，顺便做了指甲，涂成我最喜欢的粉红色。等到午夜12点明月最圆时，我站在桥头拉长声调喊她的名字：

桂梅，你回来；桂梅，你回来；桂梅，你回来。

结果当天晚上她还是没睡着。

那晚，当她入睡，一只披着红斗篷、戴着黑帽子的细小虫子缓慢朝她爬来，不紧不慢地爬向她的床榻。她歪着脑袋端详，睁大眼睛看着它在昏暗的灯下迈着八字步、晃着肥胖的屁股、摇摇摆摆走着。她看着它越过白色旅游鞋到达床腿，然后哧溜哧溜顺床腿往上爬，一路翻山越岭离自己越来越近……在它即将抵达的时刻，她果断出手摁死了它。

第二天，桂梅气若游丝地告诉我说："对门的大姐帮我分析过了,昨晚那只虫子,应该就是喊回来的我其中一个魂,我不该弄死它。"

桥西的荞麦鸡蛋面涨到十块钱一碗的时候,蚂蚱先生在街头出现的次数就越来越少了,十块钱一只的蚂蚱已经鲜有人问津,三天五天卖不出一只的情况变成常态。他的骨头、肌肉与面部的神情开始懈怠起来,步履蹒跚,没有再坚持上街逢人谈论野生玉米,因为谈了也没人接他话茬。蚂蚱先生学会了在黄龙潭捕小鱼虾,用铁丝圈成一个圆环,套在一只网兜的口端,再绑上木棍做的手柄,趁黄龙潭里寺院住持没留神,撒碎玉米粒诱鱼虾浮出水面,然后快速挥起网兜抄入水中,迅速起网,网网不空。用捡来的小铜盆装上来之不易的小鱼虾,趁夜里菜市场无人,白天炸洋芋的炉火尚有余温,搁上铜盆小火慢温,黎明时就能喝上鲜美的鱼汤。

这样的好日子没过半年,就被香客发现了,遂向寺内住持投诉。被寺庙驱逐两次后,蚂蚱先生没好意思再去偷鱼了。他改在黄昏时分准时守在菜市场里,炸洋芋摊子会有白日里没有卖完的零星几根油炸洋芋丝,打烊的包子铺会剩一个或半个包子,老板心一软,会顺手给了他。运气好的时候,遇上烤鸡店老板娘不在,负责烤鸡的黑胖伙计偷偷塞给他一只鸡腿,还不忘帮他抹上辣椒与香料。菜市场虽然是个宝地,但机会并不是天天都有，也并不只有他一个人等机会。当机会来临时，遇上比他孱弱的他也不好意思去抢，遇上比他强壮的他抢不过人家，便在饥饿的煎熬里等待天明。

蚂蚱先生抵达夜黄的第二十一年里，人们时常见到他坐在河边的石阶上眯着眼睛晒月亮，手里端着一只茶叶铺的胡老板送给他的深红色紫砂壶，里面沏着借来的香茗，隔几分钟便美美啜一口，旁边搁着卖不掉的几只蚂蚱。

那一天，正值黄昏，他又来了，喝完热茶、吃完点心，对我说：皮小姐，可不可以借点路费给我？我吃惊不已：蚂蚱先生，你又要离开夜黄吗？这次打算去哪里？他说不是离开，是回昆明探亲。我更吃惊了，原来蚂蚱先生也是有家人的。

他拿着我赠予的五百元盘缠匆匆走了。

蚂蚱先生当然是有家人的，他不是从天下掉下来的，也不是从地里长出来的。一个愁苦的女人生下他就死了，连照片也没有留下，那是很久以前的事了。蚂蚱先生从昆明探亲回来已是三日之后，他坐了一夜硬座火车从昆明回到夜黄，等到月光大亮，我的造梦工作室开门准备一天的营业，他第一个走进来向我道谢。他从裤兜里掏出几颗光滑的鹅卵石，非常隆重地放在我的手中，说是感谢我的钱，他无以为报，送我三颗鹅卵石，希望我做一辈子幸运儿，好运永相随。没有我那五百块，他到不了昆明，见不了二十多年未见的哥哥，见了也不能帮他哥买喝茶的单，也回不了夜黄。哥哥老了，老得不可思议，头发秃光了，老年斑遍布全脸、手臂、指甲缝，看人时眼睛总是眯缝着，眼泡鼓得像装满了泪。他记得以前哥哥的头发黑亮，梳着三七分，有时候还打些发蜡，苍蝇飞上去能滑断腿，现在全掉光了，像被火烧过。两人约在火车站附近的一间茶楼包间见面，隔着一张桌子，他瞅着他哥，他哥瞅着他，都没有哭，各自说了些家常话。

蚂蚱先生问：嫂子好吗？

好！

小侄女好吗？

好！

家里都还好吗？

好！

天气都还好吗？

好！

好了半天，他哥怅然良久，对他絮叨：你老啦，今年都五十几了，你的脸咋这么黑呀？当年你闯了祸就跑路了，原来你一直待在夜黄呀，那儿是月光城，月光城是个好地方呀，你真会找地方躲啊！你小的时候我喂你吃白米汤，背着你去上学，供到你毕业、当了大学教授，你不好好教书你要胡搞瞎搞……

噢，我记得你一直很白胖，脸也没有现在这么难看。没想到哇！月光也能把人晒黑。我一把屎一把尿把你拉扯大——日了苍天呀，没想到有一天你居然会长得这么丑！"

蚂蚱先生看着哥哥，默然无语。

"那时候你坚持要跑。其实没有人要你的命，你的命不值钱。"他哥眯着眼儿一脸凄惶，嘴里喃喃自语，说完这话就起身，拄着拐杖颤巍巍地走远了。

廖老二不再是流浪歌手，他有了女人，也有了女人给他开的酒吧，取名"烧心"，开业两个月就倒闭了。他不服气，又交了一个女朋友，用女朋友的钱又开了一家酒吧，取名"无为"，结果又倒闭了。隔了半年，廖老二又有了靠谱的新女友，于是又开了一家酒吧。这回他学乖了，起名王八，结果还是倒闭了。

难道命中注定我要做一个诗人？！

他抱着蚂蚱先生在街头歪脖子柳树下痛哭流涕地喝酒，鼻涕糊了他一身。

蚂蚱先生趁他光顾着哭的时候，喝光了他的酒、吃光了他的菜。

很快我们都知道了，蚂蚱先生并没有去昆明。

关于他与哥哥会面的感人画面是他瞎编的，他以去昆明见哥哥的名义向很多街坊借钱，少则三五十元，多则二三百元不等，前前后后讨到了两千多元，溜到香格里拉骑牦牛、喝烧酒，还带了一个刚认识的女游客去唱卡拉OK，对她吹嘘说自己能讲三国语言、跟国际知名人士当年是同学，快活地花光了所有的钱。

过了一阵子，他又出现在夜黄城街头，手里提着再也没有人买的蚂蚱，缩着脖子在街上转悠。

没人搭理他了。

三十三年明月夜

又到了洋芋开花的好时节,空气中飞舞着粉紫色的清甜味道。时间到了蚂蚱先生到夜黄城的第二十九个年头,梅三娘变成老太太了,还在石榴井卖烤奶片,眼角下垂了,脸让烟火气熏得像奶片一样焦黄。木美玉早就结婚了,剪掉了长尾巴辫子,娶了一位不善言辞的本地姑娘,生了两个小孩。

蚂蚱先生不知所踪,不知从什么时候起,再也没有人见过他。我一直不能确定蚂蚱先生是不是真的离开了,或者是悄悄地死了,像野狗一样死去。人们传言有夜黄人曾在大理街头看见过蚂蚱先生,他已沦为真正的乞丐,因为长期营养不良,牙齿已经全部脱落了,他哭着上前拽住夜黄城的熟人不让人家走,希望看在往昔的情面上能讨到几块钱买一碗面吃。见过他的人说他哭的时候一咧嘴,露出空荡荡的口腔。

夜黄过去的老街坊现在偶尔碰面说起他,发现大家对他共同的最后记忆还是停留在多年前某个绵长冬季,他穿着夹克和牛仔裤,只是更脏更破旧了,像往常一样在街头走着,步履匆匆依旧，手里捏着两只再也不会有人买的蚂蚱……只有过去常年在汽车站摆地摊卖盗版书、黄色小报的老街坊何瘌子很肯定地回忆说，自己才是最早见到蚂蚱先生的夜黄人，他一口咬定蚂蚱先生最初到夜黄的准确时间是太阳丢失的那年的深秋——戴着咖啡色的细框眼镜，穿一身裁剪得体的青灰色西服，胸前的口袋还别着两只金色钢笔，明眸皓齿，气宇轩昂，拎着一只好看的行李箱出现在夜黄汽车站，站在路边东张西望……

三十三年明月夜，蚂蚱先生终是凋谢了，时间带走了他，也带走了我们。我当时雇佣的店小妹、摩西女孩桂梅曾经对我说：蚂蚱先生其实是一只老蝙蝠，他像书里的诗歌一样活着。她临时爆发出的令人吃惊的比喻让我瞬间觉得浸泡在细雨中的歪脖子杨柳树和树下垂暮的病狗特别美好，事情仿佛不是我们用肉眼看到的那个样子。

☽

第五回

春香

　　春香呆呆地看着白霜愈浓的窗外，她们的声音从客厅传来，时高时低，有时候像云雀啾啾，有时候像蚊子嗡嗡，讲了两个小时毫无用处的话，才依依不舍地分别了。

　　客人走了，屋子里陷入了寂静。

　　留下她们母女俩在空荡荡的屋子里，还有漫长寂寞的光阴。

我想吃豆腐

十年前,梅生的爸爸一瘸一拐地挑着豆腐担子满怀希望地走在铁路边,两只篾筐里各自平放着一张木板,上面搁着刚出锅的新鲜豆腐,豆腐上面蒙着一层薄如蝉翼的纱布,透出豆腐的质感与形状。清晨,奶白色的豆腐在篾筐里一闪一闪地晃动,油滑白嫩得像婴儿的屁股。他在铁路职工住宅区中穿梭,唱着小曲:

紧打鼓来慢打锣

听我唱个"十八摸"

我一摸摸姐姐的脸边丝

乌云飞了半天边

二摸摸姐姐的脑前边

……

街坊们会推开窗或拉开门,冲他喊一嗓子:"大贵,别光顾着瞎唱唱,给我捡块豆腐。"

那天,卖豆腐的大贵挑着豆腐担子,拐过家属院旁边那棵百年老桂花树，猛一抬头吓了一跳，看到一个七八岁的小女孩蜷缩在两米多高的老桂花树丫中间睡着了，黑黑的头发上系着红头绳，书包、毛巾和衣帽挂在高高的树杈上。这不是隔壁杨疯子家的小女儿春香吗，看来又让她妈妈给打出家门了。

真是作孽啊，他叹了口气正要走开，树上的小丫头开腔说话了：

"大贵叔叔，我想吃块豆腐。"

"吃吧吃吧，小细伢的嘴能吃下多少嘛，不就一块豆腐嘛，吃不穷你大贵叔叔的。"

十年后，卖豆腐的大贵也老了，每天他还是挑着担子四处揽生意，只是不再唱小曲，因为唱小曲早已不入流了，只能招来镇上年轻一辈人的讥笑。早晨，他挑着豆腐担子出工，一抬头蓦地又看到十年前的女孩了，她照旧睡在树上，当年头发上的红头绳已经换成了绿塑料发卡。一点也不见长高长大，看上去依旧像一只大号的玩具布娃娃。

他正欲走开，树上的丫头张嘴说："大贵叔叔……"

大贵不等她说完，搁下豆腐担子拦下话岔说道："我说春香，你是不是又想说'大贵叔叔我要吃豆腐'？"

"是啊，这都被你猜到了，你跟梅生哥哥一样聪明啊。"

"春香啊春香，你也不替叔叔想想，十年来你赊欠了我多少块豆腐?一斤豆腐是五角钱,得多少黄豆才打得出来,黄豆地里日头毒,摘这些豆子得流多少汗水?人人都晓得你春香可怜,可有谁晓得你大贵叔也不容易啊!梅生他娘老是病,吃药的钱,梅生的学费,金枝、玉叶两姐妹的学费,还有我的烟钱和一家人的口粮,全都指望这豆腐生意养活,你老这样赊着吃,也不是办法啊!"

"大贵叔叔,我不是不给钱,我姐姐回来了,就有钱给你了。"

他无奈地摆摆手,挑起豆腐担子一边走嘴里一边嘀咕:"又是你姐你姐,梨花失踪几年了,要真的还活着,指不定还是个要饭的呢。"

桂花树叶子湿湿的,夜里起了露水,秋天到了。

早晨,春香背着书包熟练地从树上滑下来,摸了摸饥肠辘辘的肚皮,该去上学了。

"春香,班主任找你好半天了,脸乌得像猪的屁股!"

她刚进教室,就被一阵嘈杂的声音包围了。她磨磨蹭蹭好一会儿才去到班主任办公室。班主任郑小酒的脸果然乌云密布,深吸一口气说:

"春香,知不知道期中考试你又有几门不及格?"

"不知道。"

"那么你知不知道你今年多大了?"

"十七岁半。"

"那么我问你,为什么你十七岁了还在念小学六年级,一直不毕业?虽说你生得小巧,可以冒充幼儿园大班的小朋友,可是,你的确是快十八岁了啊,你想在咱学校养老哇?"

冤枉啊冤枉,鬼才希望在这里养老,春香在心里说。之所以没毕业纯粹是因为杨小红这个女人发现小学校长好欺负,学费可以免,然而初中的学费就减免不了。要不是梨花离家出走时在纸条上放出狠话——"杨小红,你将来敢不供春香上学读书,我梨花发誓回来杀了你!"春香早就从学校里滚蛋了。离婚之后,杨小红总觉得钱不够用,既不想交学费,也不想死在梨花手里,那么折中的办法只有一个:让春香年复一年读小学六年级。

春香抽抽搭搭地哭了起来。春香后来说,她一生就哭过这一回,泪水湿了连衣裙的前襟,这是姐姐梨花留下的裙子。春香最喜欢它,穿上后松松垮垮拖到脚后跟,腰身掉到屁股的位置,瘦小的春香穿着它站在办公室里,活像一只裹着花衣裳的稻草人戳在秋天的旷野。

班主任手足无措,倒了一杯热水递给她,说:"你不要哭了,收拾书包回家去吧,随便学门手艺也比你现在强。回去吧,回去学一门手艺将来能糊口也好。"

春香终于辍学了。

梨花去了天涯

杨小红描了眼影、打了口红，还戴了一头的野花，坐在家中的院落里切萝卜准备包饺子吃。一边切，一边斜着眼偷望春香虚掩的房门，嘴里还高声骂骂咧咧："曹春岸，我日你先人！敢不让我的宝贝女儿上学，你良心让狗给吃了，1959年闹饥荒，要不是靠我家一碗米汤活下来，你的身子骨早喂了野狗啦！啧啧，忘恩负义的东西……"

春香在房间里缝布娃娃的衣服。

王镇的小学校长曹春岸当然听不见她的叫骂，他正捧着茶杯坐在办公室里眯着眼想事情。平时在路上狭路相逢时挨杨小红这一顿骂，就算听见了，他也只能装作耳聋。曹校长年轻时很帅，可是长得帅不表示不会挨骂。他一生中做过唯一后悔的事只有一桩：1959年冬天，他不该饿昏在杨小红的家门口，被杨小红的妈妈灌下半碗米汤后就缓过劲了，没有死成。可是他一定认为活着还不如死去，因为这碗米汤，春香的事，成为曹春岸的心病。为这事，他没少跟学校其他领导解释：我们的教育是为人民办的，我们学校的宗旨是让每一个孩子不失学、上得起学，总不能把那些因为家庭贫困而交不起学费的学生逐出校门吧？当然不能。

立秋，早晨的霜慢慢厚了。

白天，春香做完家务，就待在梨花当年的房间里缝布娃娃的衣服，到了夜晚，她依旧睡在巷口转弯处的桂花树上，不管谁来劝说她也不肯下树，自顾自地在树杈间香香地睡着了。

杨小红的大女儿梨花离家出走了。

头两年杨小红还不急，心想：我是她亲妈，当然打得骂得，这女子早晚会回来的，不可能在外面野一辈子吧。三四年过去了，依旧音讯全无。当初跟梨花一起厮混的二流子小青年们起初还隔三岔五来家里打听她的消息，后来慢慢地都不来了。镇子上开始流传各式各样的流言，最广泛的一种说法是梨花已经死了。传得有鼻子有眼，怎么死的，死哪儿了，罪犯是如何被神奇而威猛的公安人员缉拿归案的，细节丰满得可以直接写成书出版。人们细致地编排着有关梨花离家出走后的故事，接力添砖加瓦，每隔几个月会翻新版本，让情节变得更连贯，故事里还带有当季正在热播的电视剧情节，并在传播过程中被随时即兴修改。

版本一：

1994年3月27日晚，在县城火车站候车室里，梨花穿着她平时最爱显摆的粉红绸子衬衣,靠在候车室的窗前抽烟,她的情郎、镇上小流氓丁四毛坐在地上哭,抽抽搭搭个没完,很快用光了一卷卫生纸。梨花不耐烦,说:

"你说你一个大老爷们儿号什么啊?没钱又不会死,没钱我们可以用我们的双手去挣啊!明天,你到火车站当搬运工,背一包货两角钱,我到汽水厂洗瓶子,洗一只瓶子三分钱。我们中学的陈老师是咋说来着,'只要功夫用得深,铁棒磨成绣花针',我们一定能攒够钱去北京。"

丁四毛依旧抽搭,说:"我想我妈妈。"

"你还想谁?"

"我还想我二姨,我二姨家的油条我最爱吃了。"

"还想谁呢?"梨花冷笑道。

"我,我想——金枝,金枝的胸没你大,可是她的腰比你细啊。"

于是,当场爆发了一顿乒乒乓乓的如暴风骤雨般的厮打,结果梨花占了上风。说起打架,女人往往比男人更有天分与悟性,她光凭十根纤纤酥手指,就成功地把丁四毛的脸挠成了西瓜特有的瓜纹效果,并将其逐出了候车室。丁四毛躲进街边桥洞里睡了一晚上。

天明后,丁四毛回到火车站,发现里面挤满了荷枪实弹的警察,真的跟电影里演的一模一样哪,他们威武中透着坚毅,举手投足显得格外有派,正在紧张而忙碌地分析与维护现场,并且从现场找到了一根并不属于所有在场人的头发……

编到这儿,王镇人民已经用光了想象力,依旧意犹未尽,按照地摊小报的逻辑又补上一个画面:

候车室的铁架椅子底下,躺着一具美丽而丰满的女尸——梨花。

版本二:

1994年3月30日晚,在省城郊外一间出租屋里,梨花坐在窗前,正哭得梨花带雨。丁四毛站在旁边急得直叹气,他说:"亲爱的,你别哭了,我心里绝对只有你没有她,我对你的情意并不假,只有你才是我的梦想,只有你才是我的牵挂。"

"那你刚才还提陈金枝,明明还想着她。"

"天地良心,我哪有想她?"

梨花这才停了哭泣。

"放心吧,有我在,我肯定顿顿让你吃上肉。"他说。

"我不吃肉,我要吃巧克力!听说城里人不吃肉只吃巧克力。"梨花又哭了起来。

"好好好,咱们就吃巧克力,明天就吃。"

两个人相拥着入睡。

天明后,丁四毛从梦中醒来,梨花卷走了他俩仅剩的一点钱,不知去向。

又过了几年,当人人都猜测梨花可能早已死亡的时候,又传来新的说法。王镇某人的亲戚曾在邻县的采石场遇到过活着的梨花,当时穿着什么衣服、戴着什么首饰、跟什么人在一起,都说得有鼻子有眼。这个发现推翻了之前所有的版本,细节同样无懈可击。据目击者称,当时的情景是这样的:

"1999年冬天,我跟我小姑家的儿子一起去山里的采石场拉石头。大卡车开进采石场,外面一片白茫茫,我以为山里下雪了,把脑袋瓜子伸出车窗细看,原来是大量的石灰在空中飘荡,把小树、裸露的山岩、机器、活人等全部染成了灰白色。采石场旁有一排低矮的灰白色房子,我走进屋想讨碗水喝,进门就看见她了,她背对着我从一只木桶里往外舀米。等她转过身来——我的妈呀,这不是咱三舅家镇子上的梨花吗,我中学就在我三舅家寄读的,比她高一年级,放学路上几乎天天看到她,当然不会认错人。听说她失踪好几年了,怎么会出现在两百里外的采石场?没错,就是她,眯缝眼,鼓鼓的红脸蛋,合不拢的厚嘴唇,单看五官不怎么样,可是凑在一张脸盘子上,还挺好看的⋯⋯她好像没有认出我,递给我一瓢水,转过头跟另一个全身灰白的男人说话,问对方中午想吃什么。她说得很慢,声音很大,生怕对方听不清,其实那男的就站在离她两米的位置。男人啊啊了两声,用手在空中比画了几下——原来他是个哑巴。我正想打招呼,她转身提着水桶走远了⋯⋯事情的经过就是这样。我要是讲了假话,天打五雷轰!"

消息来源于邻镇一个忠厚老实的货车司机,可信度顿时不一样了。传到了杨小红耳朵里,她表面不以为然,心里的一块大石头总算落了地。她想,只要人活着就好,人活着就会回家,早晚的事。可是,时间一天天过去,梨花依旧没有回来。

杨小红开始惊慌了,她嘴上说"她要死就早些死,关老娘什么事?"私底下偷偷去了一趟邻县的山里采石场,结果查无此人。梨花真的像毒日头下的一滴水珠,当真就从人间蒸发了。

杨小红切碎了一大盆水葫芦做猪草,拌了些糠皮,倒在小院猪食槽里,看着几头粉白色的小猪将猪食一抢而光,她才放心地走开。洗了洗手,回到房间里换了身胸前有蝴蝶结的时髦衣服,往头上别了一只红色蝴蝶发卡,拿上太阳伞,肩挎一只咖啡色包包就出门了。临出门时她不忘冲春香的房间大声嚷:

"送你去学理发的手艺,你不好好干,被人家给辞退了,真给我丢脸,跟你姐一个德行,我这是造了什么孽哟……我出去转转,你好生在家看门,别让小偷把厨房的香油偷了。"

她穿得这么隆重并不是去约会,而是找南街的胡大麻子要人。

五角吃饱

才九月天，天就慢慢凉了，杨小红打着白底红花的太阳伞来到街上，堵在胡大麻子的油条摊前面，先掏了五角钱，买了一根肥胖松脆的刚出油锅的大油条，咬了脆脆一口，果然是满口香。她嚼吧嚼吧咽下去了，就开始说话："我说胡大麻子，你做人可得地道，我女儿梨花前几年失踪的时候是跟你侄儿走的，这可假不了，王镇一条街老少都可以作证。是你挨千刀的侄儿丁四毛拐走了我的宝贝大女儿，现在活不见人、死不见尸，这笔账，你说怎么算？"

胡大麻子扔下手中长长的夹油条的筷子，胸前还挂着油渍斑驳的围布，像一只发怒的猴子窜到她眼皮跟前，叉腰叫喊着："你要找你家梨花只管去找那个挨千刀的丁四毛要人，你找我干什么？又不是我拐了你家梨花！你一天找我三回，一日也不消停，还让不让人家做生意？莫非是你耐不住，看上我了？！"

杨小红不接他的话茬儿，用伞尖戳在地上当拐杖用，右手一个劲地往嘴里塞油条。周围聚过来的人越来越多，人们像赶集一样兴奋,围在胡大麻子的油条摊前,笑嘻嘻地逗杨小红说话。只见她不停嘴地吃,而不开腔应战,有人按捺不住故意拿话撩拨,大声问她:"杨疯子,你家梨花还没回家啊?"

"没呢,这会儿不知在哪个男人怀里快活呢。"人群中立即有人接过话茬儿,顿时引起一阵酣畅淋漓的哄笑。杨小红依旧不言语,光顾往嘴里塞那半截油条,吧唧吧唧,嚼得满嘴香。没多久,杨小红吃光了手上的油条,将粘满香油的手往头发上蹭了蹭,给头发增加营养,防止干枯分叉。然后又从油条摊上抽出一根油条,塞进嘴里,咬下一口,脆脆地嚼起来。胡大麻子急眼了,叫得像刚睡醒的公鸡:"杨小红,你这是啥意思?你只给了我五角钱,却吃了我两根油条!"

杨小红不搭理他,专心地将第二根油条一口气吃光,翻着白眼,把最后一口勉强咽下了。油条们堵在喉咙管里,舍不得出来,又下不到肚子里去,急得她把伞尖往地面连捅好几下,仿佛她捅的不是石板地,而是食道管,依旧无济于事。她噎得慌,这才叫了一嗓子:"水呢?也不给我倒碗水喝,瞧这油条把我嗓子眼儿咯得生疼!"

看热闹的人群跟着一块儿起哄:"二妹,你家来客人啦,出来倒水!"

胡大麻子的女人二妹旋风般从屋里冲了出来,冷着脸,面色像入秋的冬瓜,寒白的冷霜密实而凛冽地爬了一脸,一声不吭地端出一只葫芦做的水瓢,舀了满瓢的井水,递给杨小红。杨小红也不客气,接过来一饮而尽。她美滋滋地咂着嘴,说:"二妹,你家的井水真是甜得像沙地里种出的西瓜。"

"是吗?"二妹冷笑一声,说,"姓杨的,你又来找我家老胡要人?明明是你生的女儿不成器,纠缠我侄儿,我侄儿跟她一起跑到县城没几天,想通了就自己先回来了嘛,往后她又去了哪里,我们哪知道,这事跟我家丁四毛没半点关系。"

街坊王日安看不下去了,冲人群挥挥手,说:"看什么看,有啥好看的!快走快走。"然后又低声劝道,"二妹,消消气,说起来这杨疯子也是可怜人,梨花这孩子不懂事,说走就走了,她这个做妈的,哪会好受?再说你家侄子丁四毛当然有责任,既然带她远走高飞,咋会丢下她自己先跑回家,跟没事人一样。问他梨花人去哪儿了,他也说不出所以然,换了你这做妈的不急?!"

王日安也算是王镇有头有脸的人物,有文化、会做生意,家里盖起了镇上最高的小洋楼,在南街开着一家日杂副食批发店,跟胡大麻子、杨小红跑掉的老公过去曾是酒友。他长着一张瘦马脸,笑起来却像驴叫,三角眼,一脸阴郁相,很像京戏里的奸角,其实除了爱喝几壶小酒,人倒不坏,舍得帮人出头,是个热心快肠的人。王日安终日穿一件灰西装,嘴里叼一支不知从哪搞来的、死活也不点燃的雪茄烟,像叼着半截冻僵的猪肠子。

二妹听王日安这么一说，气势下了一半。

杨小红打了个饱嗝，冲一边呆头呆脑的胡大麻子嫣然一笑，粉皮直往下掉，菊花在两只眼角各开了一朵，她眉眼儿飞飞、嗓子儿尖尖地说："再来一根！"

胡大麻子木呆呆站在油锅旁，看着烧得滚烫的油锅，觉得是不是应该下些油条进去炸，要不然油一直白白煎着多浪费啊。结果让杨小红忽然拔高的嗓门吓了一跳，回过神来，眼瞅见她又吃下一根油条，急得像公鸡打鸣："杨疯子，你凭啥白吃我的油条？我的油条不是用油炸的，是用我一家老小的血汗炸出的，你红口白牙吃得下去吗？"

一会儿是杨小红、一会儿是杨疯子的女人开始激动起来，眼珠子都突突地往外跳，将手中的伞尖在石板地上戳得咚咚响，用手指着那个一脸麻子的脸，痛心疾首地说："老胡，我家梨花不是喝风长大的，而是吃白米长大的，吃的也是我的血汗。你不把我家梨花找回来让我见着活人，那就别怪我不客气，你炸出来的油条我以后天天来吃，一直吃到我家的梨花平安回来为止。不过你放心，我是个讲道理的人，我不是白吃你的，你也不容易，拖家带口，上有老、下有小，我哪能不给钱？我得给你钱——五角钱，每天我用五角钱来吃你一顿，吃足了食我就走，一分钟也不多待。"

说着说着，她的眼泪就下来了。

几个不肯走,一直围观的街坊看在眼里,不由得面有戚色,黯然不已。

二妹心软下来,拉着她的手说:"小红妹子,你的心我最能明白,咱们是同一年嫁了人,嫁进了同一条街,同一年生了娃,你家梨花是我看着长大成人,我哪有不心疼她的道理?!你男人进城当大厨了就不要你们娘仨,跟唱歌跳舞的野女人跑了。你的日子苦得像黄连,有时候我想起来也会掉眼泪,只是不想让你知道。来来,进屋坐吧,你慢慢说。"

"我不坐,我想我的女儿。"

杨小红扔掉伞,无力地蹲坐在地上,捂起脸狠命地哽咽,顿时泣不成声。庸碌的人的伤痛一样不会少,甚至更多,眼泪像溃坝的洪流,瞬间把她没顶了。

喊火车

春香小小的身子坐在屋后院的矮墙上，头发乱七八糟，像一只鸟窝。身边爬满了牵牛花的藤蔓，嘴里还叼着一朵牵牛花。小路上，大贵的儿子梅生走过来，问她："春香，你坐在墙上干什么？小心花丛里爬出长长的蛇。"

"梅生哥哥，这里坐着凉快。"

"你嘴里含着牵牛花做什么？"

"这是我吃剩下的一朵，平时我饿了就吃，杨小红说吃了美容，但它的滋味赶不上美人蕉，雨打过的红美人蕉最好吃，比黄美人蕉味道好。"

梅生听得直摇头，用手扶了扶眼镜："杨阿姨是你母亲，你不应该直呼其名，这是大不敬，下次不要这样。嗯，我听镇子的人说你辍学了，想学门手艺，在学什么呢？"

春香不吭声了，低着头，用手撕了片花瓣塞进了嘴里，嚼了嚼，咽下了。没好意思告诉梅生她前几天在街南的"只你美"发廊跟老板娘学理发，结果把粮店王会计的头发剪得像鸡窝，被发廊老板娘客客气气往手里塞了二十块钱打发回家了。这一回杨小红没打她也没骂她,鼓着眼睛嘿嘿笑着,用剪刀将春香的头发也剪得像鸡窝一样,说是为了更能够将心比心,让她体会一下人家王会计当时的痛苦。她一边剪一边唠叨:"人家王会计是体面人,是从县城粮食局调来的,全镇子的人都说你妈是破鞋,唯独人家王会计没说,人家王会计是我的知音啊!人家王会计肯把头伸过去给你剪,是看我杨小红的面子,结果你把人家的头剪成了狗啃了似的!"

想到这儿,春香不吭声了,半晌,她又问:"梅生哥哥,你这一阵儿晚上怎么没来树下教我唱歌呢?!"

"我过几天就要高考了,我要是考上了大学,就可以去城里生活,将来我爸爸就不用再卖豆腐了。"

春香沉吟半晌,歪着头,高兴地问:"你考上大学后,是不是就会离开我们这个镇子,去远远的地方?"

"是啊,我会去很远很远的地方念大学,毕业后我就是国家的人,吃国家的饭,拿国家给我发的钱。"

春香兴奋地从矮墙上跳下来,机敏得像一只小猴,拽住梅生的衣角,低声地问:"这么说,你会遇到我的姐姐?!"

"梨花?"

"对啊对啊,她走的那天,穿着白色圆点的漂亮连衣裙,手里提着一只好看的黑皮包包,她告诉我她要去很远很远的地方,等她过上好日子,就会来接我。她跳上摩托车,搂着丁四毛的腰,一溜烟跑掉了。"

"世界那么大,哪有那么容易遇到熟人。"

春香低着头,眼泪在眼眶里打转,难过得说不出话来。很快,她扔掉手上还没吃完的牵牛花,跳上矮墙,倏地一下飞到墙头的梨树梢,像蜻蜓一样轻巧地粘在了树干上,留下目瞪口呆的梅生仰着头,吃惊得下巴都快掉了。树上的春香气呼呼地开口说话了,声音从密实的树叶子里透过来,让梅生听着瘆得慌:"梅生哥哥,我姐姐临走时还说了,她会给我买好多很漂亮的裙子,只有公主才穿得起的那种粉红色纱裙。她一直没有回来。我要等着她回来,一直等到她回来……"

愣了好一会儿,树下的梅生才发出一声高分贝的尖叫,震碎了树上的鸟窝。他飞快地跑回家,像发现外星飞船一样冲院落里织毛衣的双胞胎姐姐大叫:"金枝、玉叶,快出来看啊,隔壁杨阿姨家的春香上树啦!"

"喊什么喊,大惊小怪的,春香十年前就会上树了。"

"不,这回是飞上去的!"

"春香有轻功了?她练成了香港电影里的轻功啦!"

消息很快像长了翅膀的鸟儿,飞遍了王镇的大街小巷。

一晃又是几年过去,人们都在慢慢老去,只有春香依旧是七岁的样子。

火车轰隆隆从王镇经过,车轮在铁轨上发出巨大的轰鸣。春香枕着轰鸣声入梦,夜夜在树上睡得像一只雏鸟。黄昏的时候,会有四五趟火车经过,铁路职工住宅区的孩子们就会聚在铁路边的水泥空地,大家开始喊火车——用手拢在嘴巴上冲着火车头发出鬼哭狼嚎的嘶叫,火车司机们连眼睛也不瞟一下,径直拖着他们身后一长串的铁家伙跑掉了。

杨小红不喜欢喊火车,"小娃子才喊!"但是她喜欢在火车通过的时候,站在最宽敞的空地上面对着火车跳舞,左扭右扭,耸肩摇屁股,朝灯火闪烁的车窗里的异乡人飞媚眼儿,头上插满了她从菜园里刚采来的黄花菜——晚饭还要用它炒菜呢。嘴里还轻轻唱:"哎嗨哟哟,哎嗨哟哟,哎嗨哟哟……"

哎嗨哟哟是干吗的?是人名?是菜名?还是一首歌?没人知道。

春香也不知道。她现在很乐意一个人粘在桂花树或梨花树上,随风摇摆,像一只被恶作剧的坏孩子挂在树上的布娃娃。自从梨花失踪后,她不再跟大家一起喊火车。这曾经是她和梨花最喜欢的游戏,春日里来百花开,大家一起喊起来——对着过路火车奋力嘶吼,像一群草原上寂寞的公羊。

树上的春香

春香二十二岁这一年的树梢,枝叶特别繁茂,她在树与树之间跳跃着,像一只离群的猴子。

"瞧,树上的春香!"

黄昏,一群街坊端着饭碗,围坐在树下的石凳上吃饭纳凉,用筷子朝她指指点点,讨论镇上奇人春香的盖世轻功与不老童颜,往嘴里填各种东西:白菜炒鸡蛋、辣椒炒茄子、泥鳅钻豆腐、蒸臭豆腐、素炒马齿苋、锅巴粥等等。他们填得起劲,春香用望远镜看得起劲:隔壁卖豆腐的大贵的老婆菊美碗中每次离不了豆腐,前天是白菜炒豆腐,昨天是豆腐炖白菜,今天换花样了,白菜油焖一种褐黄的块状物——原来是油炸过的豆腐,上面还趴着一只不幸遇难的飞虫;刘师傅碗里每次都少不了茄子,前天是扁豆烧茄子,昨天是麻油淋茄子,今天是辣椒炒茄子。春香很不理解,他为什么天天吃茄子而不换个别的菜尝尝呢?茄子能治他的结巴吗?吃得树上的春香都看得不耐烦了。她想,如果明天刘结巴依旧端一碗茄子坐在树下吃饭,她就挑选一坨鸟粪扔进他的碗里。

张凤仙的伙食不错,顿顿有肉吃,她偏爱吃猪肠子,弯弯曲曲的猪大肠盘踞在白米饭上,配以黄瓜片和咸鸭蛋,蛋黄都腌得渗出油珠了。

杨疯子跳舞跳累了,回家做好了晚饭,用头上插的黄花菜下挂面,放了点葱花和麻油。她好生洗了把脸,从小巧的瓷瓶里挖了大坨雪花膏填在沟壑里,使劲涂抹着。熟练地用手掌敲打着脸颊,努力让雪花膏与脸皮和谐相处、搞好关系。做完这些工作,她才哼着小曲儿端着两大碗热度正好的黄花挂面来到桂花树下。

"你家春香轻功是咋练成的?"工商所的胡主任问杨小红。他是个文化人,喜欢饭后捧着茶杯到树下走一走。他今天的样子不太好看,秃顶上多了个小疤,一张老脸鼓得像蛤蟆,上面还爬着两道血痕,不用说,这是他老婆最新的作品。原因是他替小姨子洗内衣,被他老婆发现了。

"你是不是想学轻功上房顶,这样你老婆就打不着你啦?!"有人帮杨小红回了这句话,顿时引来一场哄笑。

胡主任气得直翻白眼,一跺脚就急急地走了。

杨小红冲他的背影大声喊:"我的亲人哪,你咋一看到我就像尿急?跑这么快干什么啊?!走慢点难道就会尿裤子吗?想当年看露天电影,你还偷偷捏过我的脸,让我嫁给你——哼!

我呸！"

众人又是一阵哄笑。

只有大贵的老婆菊美不笑，冷着脸，站起来就走。她的女儿金枝和梨花从小玩到大，是好姐妹，最终因为丁四毛翻了脸。丁四毛带着梨花私奔的消息传来，金枝哭得直抽搐，两条胳膊在空中乱挠着，喉咙里哭不出声来……菊美当时吓得直流泪，抱着她直叫乖乖。

大贵当时坐在门口喝闷酒，冷不丁回过头朝抱头痛哭的母女扔来一句：上吊不解绳、喝药不夺瓶、跳河不拉人，她要死就让她快些去死，不要拦她。前半截五言的顺口溜是王镇人民人人皆知的口号，用白石灰刷在城墙上——平均每个字的尺寸是两个平方米。

她们两母女在家哭闹，隔壁杨小红当时也正站在板凳上往屋梁上搭绳子，准备上吊。她一边打绳子结一边唱诗般哀婉地做临终道别：我这个苦命的不幸的人儿啊，你生得像西施、赛得过貂蝉、叫花子你都舍得连给三碗饭，却一生没享过福、没吃过肉、没戴过金银，偏偏还找了个不争气的丢人现眼的跟野女人跑了的厨子生了个不争气的丢人现眼的跟野男人跑了的女儿啊……

"你这是在说谁呢？你真会夸你自个儿啊。"

春香当时趴在地上写作业，她抬起头就说了这么一句，让杨小红咕咚一声从椅子上跌下来,满屋子追打春香。春香溜出屋子,见了树就用脚尖点着树干,径直像鸟儿一样轻快地飞上了高高的槐树,只留下杨小红在树下精疲力竭地痛骂,最终还是没舍得把头伸进套好的绳环里。

梨花和金枝的情郎私奔后,贤惠女人自有更有效更环保的办法表达情绪,菊美在家里墙脚立了个草扎的小人,没事就偷偷扎几针,一边扎,一边嘴里还念叨:

我扎你个小人头,让你头痛日日有;

我扎你个小人手,让你筋骨错位走……

二十天不到,丁四毛就回来了,胡子拉碴地出现在王镇街上,想溜进胡大麻子家蹭吃,结果让胡大麻子的老婆打了出来,不认他这个不成器的侄子。但是不出三天,丁四毛又在台球室里找回了以前的精气神与潇洒劲儿。

梨花却依旧不知踪影。

没准儿真的死了。

假如当时丁四毛带走的是自己的宝贝女儿,后果必然也会这样,菊美心里顿时豁然开朗,有些暗自庆幸,悄悄用火烧掉了草人,到龙门寺给梨花请了一炷香,求菩萨保佑可怜的梨花平平安安。路遇杨小红时,菊美的脸色好了很多,有时候还关心地问起梨花有没有消息,要不要让她在城里当大官的舅舅帮忙找一找。杨小红听她这么一说,又哭了一回。

一个好女人是没有道理与杨疯子做朋友的，菊美心底隐匿的怜悯没撑多久，便恢复了对杨小红的冷若冰霜。当儿子梅生以全县第一名的好成绩考上了武汉一所大学后，她与杨疯子之间越发泾渭分明。

"春香，你给我下来！吃晚饭了。"杨小红把黄花面放在石凳上，跳起脚伸长了脖子朝树上喊。春香骑在树杈上，嘴里嚼着一片梨树叶子。

"你耳聋啦？"

春香没有耳聋，只是装耳聋。她不想吃这碗油水滑滑的黄花挂面，但是这碗黄花面委实好，春香看得清清楚楚：碧绿的葱花星星点点，清汤上游弋着好几朵麻油花，黄花菜萎谢在面条上，我见犹怜。啧啧，好面，好面。

她最终还是从树上沿一根枝丫滑翔下来，直直地降落在地面，端起碗就吃。刘结巴看得目瞪口呆，将她上上下下打量良久，嘴里还含着一包茄子泥渣，末了，他感慨地说："好功夫啊！"

"好你个头！"春香突然冲着刘结巴大吼一声。

春香说，她一生中最快乐的时光是在树上度过的。

"……其实待在树上蛮清静的，想想心事，多好啊。虽说有虫咬，但是基本上跟我相处很友好，互不侵犯，当然交情也不会有多深，见了面打打招呼而已。家门前的梨树、桂花树、泡桐树、槐树、杨树都长高了。就我个人而言，比较喜欢梨树和槐树，因为它们个头长得高大，我可以登高而望远，俯视附近的铁路、学校、街道和粮食加工厂……树上空气好，闻不到马粪、猪粪、鸡屎味。秋天梨熟了，我想吃的时候随时摘了吃。春天槐树开花了，粉白花儿挂在树上，味道香甜，真是想吃多少吃多少啊……

"姐姐，我很想你。

——春香于2002年9月20日"

她骑在树杈上给梨花写信，写好了就从本子上撕下来，揉成小小一团，攥在手心里。伸直了身子，用望远镜开始搜索目标：

"左，左，左边！对，就是左边，不对不对，是右边右边！"

她嘴里念念有词，身子、脑袋、眼珠跟随镜头中锁定的目标左右晃动。确定目标后，她把望远镜挂在树梢上，兴致勃勃地从桂花树跳到杨树，从杨树跳到供销社的院墙上，从供销社的院墙跳到小学老师郑小酒家的屋顶，在他家的屋顶小跑起来，踩破了许多瓦片。毫不费力地跳上一棵李子树，从李子树跳到一棵参天泡桐树，顺着泡桐树的枝干爬上了南边粮店的院墙。

吃人要有执照

目标：粮店院墙，一只午睡的白猫。

白猫听到脚步声传来，心想：主人这么早就请我回家开饭啦？！它伸了个懒腰，眯着眼，一回头，才发现一个陌生人蹲在面前，眼珠圆溜溜地盯着自己，明显不怀好意。它吓得魂飞魄散，没回过神来，仰着脑袋看着她，嘴张得大大的……

嘻嘻，太好了，你就保持这姿势别动——春香不禁笑出声来。

就在白猫一愣神之际，她快速地把纸团塞进了猫的嘴里。看着白猫气急败坏地叼着信跑得无影无踪，心里充满了期待。

入夜，她睡得特别香。

没想到今年的秋天来得这样早，天还没亮，春香就在桂花树杈里被霜降冻醒了，身上包裹的毛毯上凝结了晶莹剔透的寒露，许多朵淡黄色的小桂花粘在上面。她伸出舌头舔了几朵嚼了嚼，发现连牙齿也冻得生疼。

"不行，得回家暖和暖和。"她心里说。

她如一朵小桂花飘落般轻盈地，落进了院里，跑进自己的房间，从衣柜里捡出一件梨花当年穿过的外套裹在身上，从头罩到脚，缩在床上，只露出眼珠在窗外透进来的晨曦中转动。

"死女子，有床不睡，偏要睡树上，让老天爷冻死你吧！"

隔壁，杨小红在睡梦中还嘀咕着。

天亮了。

窗外，跛子大贵已装好刚出锅的豆腐，用篾筐挑着，吱呀一声推开大门，从春香的窗前经过。他一瘸一拐地走着，嘴里不再唱小曲儿，只是干巴巴地发出今天的第一声吆喝："豆腐哪，大贵我的豆腐哪！又香又甜的大贵牌豆腐哪！"

门外传来敲门声："咚咚，咚咚。"

杨小红很不耐烦地披衣跑出来开门，嘴里念念有词："大清早就来敲门，敲敲敲，敲你个丧门星！"吱呀一声后，门打开了。春香隐约听见以前班主任的妻子张凤仙在门口说话："小红妹子，你可要让你家春香当心啦，最近千万别上山采蘑菇。你不知道吗，磨山在闹大虫，好凶猛的一只大虫啊，新迁入山上的溶洞里住着，尽捡过路的女孩儿吃！为啥呢？因为女孩儿肉嫩，吃起来爽口，也有嚼头……这事已经上报到县上去了，申请派出经验丰富的打虎队来围捕这只大虫。"

"有这回事？难怪我昨天上山去龙门寺烧香，一路上阴风阵阵，好像听见小孩子哭，又不像。"

"听说北街王如意的孙女已经让大虫给吃掉啦！多水灵的

姑娘啊,上个月我家郑小酒去学校上课时还在桥头遇到她,她还嘴甜甜地叫了声叔叔……如今说没就没了。唉,就算捉住了这只大虫也是白搭,治不了它的罪啊!谁让人家是国家一级保护动物呢,吃人也是有执照的。"

杨小红夸张地惊叫着,眼珠子快从眼眶里弹出来了,立即把她请进乱糟糟的客厅,让她坐在塌陷了半边的旧沙发上,倒上一杯水,两个人热闹地讲起来。张凤仙说得头头是道:"它吃咱们合法,咱们吃它就是犯法!我家郑小酒回来跟我讲,说镇中学的校长张国安和他们镇小学的校长曹春岸都出来对群众讲话表态了,说这事相当麻烦,就算捉住了也不能打死,还得好生侍奉着吃喝,一根毛也不能少,瘦一斤也不行!汪镇长在大会上也说话了,谁也不准设笼捕虎,谁要敢碰断老虎一根头发丝儿,就送谁到县上去坐牢!瞧瞧瞧,这大虫比咱们人命还金贵哪!"

秋风阵阵紧了,桂花落了一地。

春香呆呆地看着白霜愈浓的窗外,她们的声音从客厅传来,时高时低,有时候像云雀啾啾,有时候像蚊子嗡嗡,讲了两个小时毫无用处的话,才依依不舍地分别了。

客人走了,屋子里陷入了寂静。

留下她们母女俩在空荡荡的屋子里,还有漫长寂寞的光阴。

☾

第六回
梨花

梨花在睡梦中又重新回到夜黄,如孤魂野鬼般游荡,天空是固有的灰白色,街道两侧凝结着一团团黑影,她惊骇地看着灰白色的人流被驱赶似的朝着一个未知的方向缓缓地蠕动,每个人都是面无表情……而那个光头独眼的男人穿着黑衣站在街对面,中间隔着蠕动的人流,冲她招手说话——明明是在街对面,声音却似在她耳边细语:"我还没有把故事讲完呢!"

第六回

外博

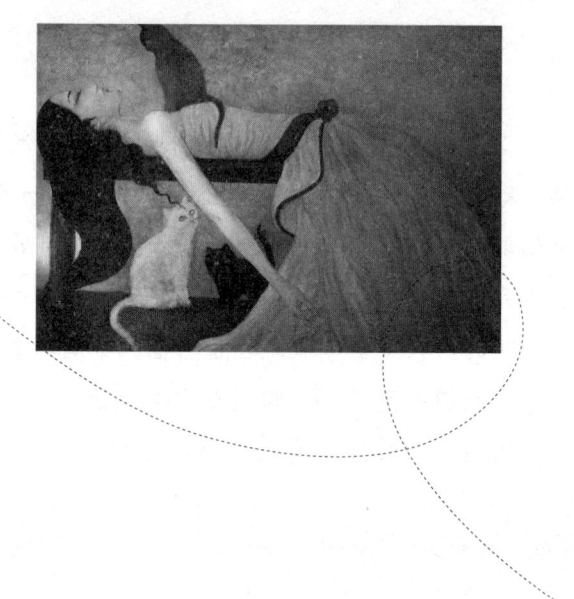

塑料玫瑰花

梨花离开了夜黄，回到哑巴的家乡，喜滋滋的，脖子上多了一块玉坠。她对哑巴说，夜黄城虽说能挣到钱，可是真的不能再待了，那个城被诅咒了，温度恒定不变，一直是人间四月天。天空总是雾蒙蒙的，没有隆冬与酷暑，一直细雨霏霏。在夜黄古城街头走着，细雨沾在身上，久久不能滴落，慢慢就会像一只毛茸茸的桃子，在潮湿中生着绿霉。没有太阳，人们靠月光照明，在月光下工作、恋爱、生儿育女、吵架、生老病死。他们习惯用火来烤干各种东西，烤衣服、烤腊肉、烤玉米、烤知了、烤茄子。大多数人不知打哪儿来的，也不知将去往何处，像一群搁浅在沙滩上的鱼快活地张着嘴喘气，接天上落下的雨水与露水。或者三三两两聚集在酒吧、街边、客栈没日没夜地讲故事。梨花听了很多故事，她说若再不离开，肚子会因为故事太多太诡异而无法消化，对身体很不好。

"有机会你也应该去看看。"梨花说。

哑巴不以为然。

梨花兴冲冲地说起夜黄之行的见闻，从行李箱中翻找出各式新鲜玩意儿，一一展示给哑巴看——两只古怪的木制面具，来自夜黄的跳蚤市场，还有一只空心石头，表面挖了三只孔眼，吹奏时会发出呜呜的哀鸣。"送给你。"她递给哑巴。

她又向哑巴炫耀脖子上的新玉坠，是一只雕得奇奇怪怪的玉蝉，"好看吗？嘿，我好喜欢呀。"她照旧喜滋滋的。短短几个月不见，她的肤色黑了许多，眼角悄悄有了细细的皱纹，几颗雀斑冒出来，骑在她的鼻尖上。她跑进卧室对着镜子端详半天，惊奇不已地对哑巴说："好神奇呀，原来月光也能把人晒黑呢。"

她忙前忙后地收拾屋子，把行李归置完毕，就出门买菜了。街还是那么破旧，菜场还是老样子，报亭还在，水果摊还在，没有尾巴的流浪狗还在，一切并没有改变。阳光白晃晃地刺眼，让她好不习惯。不过她在夜黄过得也不开心，虽说夜黄城景致不错，花儿也很多，密密实实地盛开在当地居民门前，被雨水日夜泡得肿胀，朵朵都大得惊心动魄，透着幽幽的月光，泛着冥花的气味。

她把买好的菜提回家，准备做饭，回到几个月前日复一日的生活。

家里的墙头又渗水了，每年梅雨季节来临时，墙壁就渗出大片黄渍，用画报贴上挡住渗水的墙体，时间久了，画报慢慢沤烂了，一片片从墙上脱落。到了次年，哑巴会买新的画报贴上。今年梨花想有所改变，打算用手头所剩无几的积蓄修整房子。回家这几天里，她更换了窗帘，买了一台二手空调，添置了一张小茶几，又打算自己动手用白石灰刷墙，还能省些人工费。她爬上高高的木质架梯，撕下快脱落掉的霉烂的画报，用铲子把渗进墙壁的残渣清理干净。

"漠漠，过来帮帮我。"

哑巴没有回应。

简陋的小桌子上摆放着一只旧花瓶，是他们结婚时梨花从二手市场淘来的，里面插着一束廉价的橘红色塑料玫瑰花，叶片与花萼被擦拭得干干净净。梨花喜欢收拾屋子，小时候她就有采野花插在陶罐里的习惯。她母亲杨小红看不顺眼，把花儿从窗户扔出去好几回。

哑巴在桌子上找来找去，忽然想起了什么，去卧室继续找，把箱子里的物件翻得哗啦啦响。好一会儿才找到一面有裂隙的放大镜，这才高兴地跑出来，爬上墙边高高的架梯凑近正在刷墙的梨花，示意她把脖子上的玉坠取出来，让他用放大镜好好瞧一瞧。对于这个新物件，他充满了好奇。但是梨花拒绝了。

夜晚，梨花做好了晚餐，他们很久没有像今晚这样好好儿坐在一张桌上吃晚饭了。"你不要再离开我去夜黄挣钱了，钱少些没关系。"哑巴打手语说。

梨花当然不想再去了,过去在夜黄街头摆地摊卖花环的同行不过三五人,如今蔚然成风,多则数十人沿街叫卖揽客,价格从过去的每只二十五元,在竞争中降至十五元。花环的制作并不复杂,一般用柳条盘扎成圆形,保留些许绿叶在枝节上,在缝隙里穿插绢质或路边随机采摘的当季野花、浆果。梨花运气好的时候还能在花店门口捡到即将枯萎的玫瑰,剥去边缘不新鲜的花瓣,露出里面水灵的花骨朵,混合插入花环中,好看极了,能编入玫瑰花的花环还能多卖五块钱。只是这样的好事不常有,花店门口并不是每天都能有丢弃的玫瑰。

梨花在夜黄摆了半年的地摊,挣到的钱刚够这次翻修房子。

"钱是真的越来越难挣啊。"梨花叹了口气,扒了一口饭。

老子就是江湖

梨花第一次见到独眼男人,是在夜黄城中一个名叫"为什么"的酒馆。这个酒馆最大的特色就是破乱不堪,但它不怕破,唯恐不能够更破旧,扛过了七级地震后依旧富有美感地立在那里,让游人们惊喜不已。二楼有一侧临街外墙干脆塌了一米多高的窟窿,形成了天然的窗户,老板懒得补墙,就在窟窿里摆了一张桌子与两张单人沙发,让付了酒钱的男人女人坐在那儿看街景,一时间成了该店最抢手的位置。黄昏降临,来历不明的旅人纷至沓来,在装饰得像马厩的昏暗屋子里围绕一个架起木柴燃烧的圆坑就座,每人手捧一碗黑乎乎的名叫"离人泪"的酒——收费可不便宜。

"转飞,你不要挡着我,我还要做生意。"

梨花每天都会来酒馆门口,借一角空地摆摊卖手编花环。名叫转飞的少年神情傲兀,像木桩一样戳在花环地摊边,仰着头望天空,谁也不想搭理。他是这家为什么酒馆的调酒师兼跑堂,很久以前便流落到夜黄小城,慢慢失去了对时间的概念与对阳光的记忆，全身的各处器官仿佛不再生长或老化，集中力量只是一个劲儿长胡子，慢慢地胡子越来越长，一直垂到胸前。他索性把胡子编成麻花辫子，缠上红头绳、铃铛、珊瑚珠，喷上香水，像养育女儿一样精心侍弄。

天空什么也没有，连云彩也没有。

这一天，梨花的生意特别差。整整一天只卖出了两只花环，扣除成本及住宿费，一天的饭钱都成问题。挨到傍晚时分，神情沮丧的梨花推开酒馆的门，想进去讨杯白开水喝。一个年龄模糊的光头男人坐在屋檐下的石凳上，黄昏中面目不清，火塘燃烧的光亮透过走廊映照在他的侧面，右边那只眼睛在昏暗中神秘莫测地闪烁，另外一只眼是空空的黑洞……

他斜着一只眼看着梨花，梨花斜着两只眼看他。

"年轻人，编花环卖钱是个好主意，勇气可嘉，值得表扬！"他操一口浓厚的东北口音，一边说一边咕咕笑，笑得梨花头皮发麻。她涨红了脸，一时间不知所措，只得喃喃地说："过奖，人在江湖，身不由己。"

"哎哟，这还客气上了。"

他笑得更厉害了，鼻子呼呼直喘气，嘴张得大大的，那只独眼愈发有神了。笑够了，他这才用手指指身边一张石凳请她坐下，帮她付账买了一碗普洱茶，看样子想跟她促膝谈人生——嗯，跟美女谈人生是夜黄城经久不衰的话题，永远不会冷场。

他眯起那只独眼兴味盎然地问她:"年轻人,你说说看,什么是江湖?江湖在哪儿呀?"

他这么一问,梨花倒糊涂了,她还从来没有具体思索过这个问题,她瞪着懵懂无知的眼睛。"答不上来吧?!"独眼男人又叽叽咕咕地笑了起来,这一次笑得更厉害了,像一只老鸭子呛水后剧烈地抖动着胸脯。几天后,在他俩很熟络后的一个中午,二人在河边一家小饭馆相对而坐,他侧过身子低声对梨花说:什么是江湖?老子就是江湖!

说这话时,微风扬起细雨打在他的胖脸上,他低下头呼哧呼哧吃黄雀炒面。窗外是穿城而过的涓细的河流,河流两岸有垂柳,柳树的叶子长得像爬虫,弯弯曲曲缩成一团。抹了嘴,他没话找话:"你为什么名叫梨花?难道是你妈生你的时候,正好梨花开了吗?"

"是的,我妈生我时,院子里的梨树开花了,就叫梨花。"

"如果当时没啥花开,只长了一院子的狗尾巴草,那你的名字……嘿嘿嘿。"他叽叽咕咕地笑着,一只眼睛扫来扫去,锋芒里有寒光。他们就这样有一搭没一搭聊着。席间梨花问他:先生怎么称呼呢?他用手摸了摸光亮的肥脑袋,眼皮都没抬扔一句:没有名字,就叫无名氏吧。她坐了一会儿,愈发觉得这个人没有交朋友的诚意,应邀来吃这碗面是错误的决定。何况面也不好吃,比父亲做的面条味道差太远了。虽然她对父亲的印象很模糊了，可是食物的味道一直记得，从未忘记。

他已经呼哧呼哧吃完了，含着牙签，歪起脑袋打量她。

这几天，只要梨花背着装花环的袋子出现在街上，他就会从角落里突然冒出来，嬉皮笑脸地跟在她后面，不停地缠着她说话，"喂，不要走那么快，咱们聊五块钱的好不好？"他的胖脑袋剃得精亮，学电影黑帮片里的人物斜绑着一根黑色的眼罩，剩一只右眼在外面活灵活现到处乱瞅。梨花忙活采摘野花、编花环、出摊，没工夫理会他，他倒也不介意，跟在身后嘴里也没闲着，自顾自唠嗑，唠得还挺欢："咦，我太寂寞了，告诉你吧，我啥都不缺，不缺钱，就是缺人聊天，聊天会让时间过得快一些……你说，我这是啥心态？是病吗？"

"是病，得治。"为生计忙活的梨花冷不防也会答上一两句。

这丝毫不会影响他的好心情，照旧屁颠屁颠地跟在她身后唠叨，没话找话说："哎，梨花，你是哪里人？为什么要来这个永远没有太阳的城？像你这样饭都吃不起的阶层，就应该好好在家乡待着，乱跑什么呀？"

"赚钱嘛，在哪儿都一样。"

"赚钱？就凭你天天编这几个破花环？做白日梦吧！天啊，你们这些老百姓啊，脑子里是不是有屎？世界上有很多比编花环更赚钱、更有意义的事情，为什么不去干？我真替你们难过呢。你是不是很羡慕我呀，走到哪里都是个体面人，有妞泡的时候就好好泡妞，没妞泡的时候我就白天打坐读《道德经》，晚上独坐赏月亮，没月亮我就赏星星，星星也没有的时候我就赏自个儿的脚趾头……嗨，每天过得那叫一个快乐充实啊！"

梨花吃惊不已："你不用工作就有钱吃饭？"

独眼男人没有回答她，自顾自唠叨个没完："你看这个小城一直没有太阳，奇怪吧，天老是阴着，长此以往，人的心也会长绿毛啊。到处是歪歪扭扭的木房子，几百年不倒，到处细雨飞着，街面湿滑，前日，我差点在客栈门口摔倒了。"

"你住哪家客栈？"

"木槿花客栈。昨天客栈老板娘找到我说，他们要加房钱。哈，我才不要同意，我对老板说：就你这破客栈的消费水平我还不稀罕住，我住是因为它破得太有风格了，破得有意思，破得有腔调，我想体验生活……你们门前的地面差点摔断我的腿，你还好意思涨我房钱？！"

独眼的家伙嘿嘿直乐。

过了几天，他又来了，跟在她身后唠叨，说要再请她吃一顿饭，这回不吃黄雀炒面，改吃蚱蜢蘑菇面。

"前几天已经让你破费请过一回了。"

"再吃一顿嘛。"

梨花肯定不是冲蚱蜢蘑菇面而赴宴的，还是去了河边的饭馆,坐在上回的位置。"吃吧吃吧,吃完了我还要给你讲一个故事呢!"独眼的家伙兴冲冲招呼着吃喝,一边说,一边将自己碗里的面条呼哧呼哧吃下肚去,碗里的几只蚱蜢一个不剩。吃完了,他叼着牙签,一只眼看着她吃。夜黄的细雨初歇,石桥边的酒家点起了灯笼,窗外微风徐徐,游人如织。他等不及她将碗里的面条吃完,迫不及待地凑近了说:"我要给你讲一个故事,一个最伟大的爱情故事。包管让你听了直流眼泪,我之所以这么肯定,因为漫长的旅途中它曾浸泡过无数人的眼泪,听众全是女人。嘿嘿,我从来不把我的故事讲给男人听,你知道的,男人往往不关心别人的内心,这点我很不喜欢。"

"讲吧,反正闲着也是闲着。"梨花放下筷子。

独眼的家伙清了清嗓子,兴致勃勃地开始了一个老套的故事——傻瓜都知道他是在讲他自己:

"很早以前,北方某个城市有一个男孩,爱上了一个女孩。每天放学,他都会等在她经过的路口,装作不经意地张望,上课时盯着前排她灵秀的背影出神。他成绩极差,家境平常,显然通过读书改变命运是不太可能了。有一天,他终于做出了一生中最重大的一个决定:浪迹天涯。他打算像电影里那样干出一番轰轰烈烈的大事业后再衣锦还乡,用大钻戒照亮女孩儿的脸,让她热泪盈眶。就这样,他离家出走了,这一年他十五岁。"

"嗯,然后呢?"

"然后他怀揣五十块钱一路吃残羹剩饭沿着铁路线一直向西流浪,越过东北边境进入内蒙古科尔沁草原左翼中旗,足迹遍及巴林右旗、克什克腾旗、锡林浩特、浑善达克沙地……"

"后来呢?"梨花不喜欢拖沓的故事。

"两年多后,他变得又黑又瘦,终于返回了故乡。家乡的城市还是老样子,只是不见了当年的女孩儿,往日的同学说,她已随父母的工作调动而举家南迁……在后来的十多年里,他毕业、工作、辞职做生意,赚到了很多钱,居然娶了一个和她容貌酷似的女子为妻——她俩有多像呢?嘿嘿,你知道吗,她们连打保龄球的姿势都一样,哈哈哈。"

说到这里,他停下来喝水,眯着那只独眼感慨不已。

梨花在睡梦中又重新回到夜黄,如孤魂野鬼般游荡,天空是固有的灰白色,街道两侧凝结着一团团黑影。她惊骇地看着灰白色的人流被驱赶似的朝着一个未知的方向缓缓地蠕动,每个人都是面无表情……而那个光头独眼的男人穿着黑衣站在街对面,中间隔着蠕动的人流,冲她招手说话——明明是在街对面,声音却似在她耳边细语:"我还没有把故事讲完呢!"

她大汗淋漓地醒来,坐在黑夜中的床上,窗外的雨正敲打着桃树叶子。

哑巴的眼睛在暗夜里亮晶晶地闪着,瞧着她。

"你怎么还不睡?"

哑巴委屈地把头埋在她的怀里,像小孩子一样抽泣。

"你不会不要我了吧?"他打手语说。

"不会,永远不会。"

梨花轻拍着他的背,哑巴慢慢地停止了哭泣,沉沉地睡去,像一个小婴儿。

梨花在黑夜里睁着眼睛,她想起夜黄古城那个瞎了一只眼睛的光头男人,隔了一段时间,他的样子在她心里有些模糊不清了。自从上次两人第二次吃面之后,独眼男人就消失不见了,梨花决定回家乡的前夕,他又突然冒出来了,还是一样神气活现。说是去了一趟景德镇,订了一只半人高的大梅瓶,付了两百块定金,跟老板约定十年之后取货……不用说,瓷厂老板肯定气坏了。独眼男人热情地提议再请她吃顿饭,吃好点,这回不吃面条了,得点几个大菜,红烧野鸡、干煸大白鹅、凉拌野兔丁、蜂鸟丝瓜汤,还不知道有没有再见面的机会哪。这一次,依旧坐在上次河边饭馆靠窗的位置,刚坐稳,着急把菜点完,催着老板上了一壶好茶,他对梨花说,这回我一定要把故事讲完整。

"上次讲的难道还不够完整?"

"对。"他笑嘻嘻的。

夜黄小城依旧细雨霏霏，酒家的幌子旗在雨中淋湿了，沿街卖花的当地少数民族妇女背着装满紫色野花的背篓从窗前经过。梨花记得他讲述时的急切样子，他渴望讲述，就像大地渴望雨水，溺水者渴望方舟。

龙二爷

对于我的一生而言，十五岁那年的秋天是个绝无仅有的秋天，我决定不读书了。门门课不及格，还不如离家出走，像电影里面的大人物一样远走高飞、碰碰运气，没准能发财。我背着一个小背包，里面装着我的全部家当：一双球鞋、两本书、三套换洗衣服、纸、笔、地图、一副乒乓球拍，偷了父母五十块钱，这就出发了。我越过城市的边界，瘦小的身影沿着郊外的铁路线向西走着，家乡油田高高的大烟囱和铁井架在身后慢慢地变成了一个个小黑点。毗邻内蒙古科尔沁左翼中旗的地界，一个荒弃的无人的小车站里，我在饥饿与寒冷中醒来。身上早已无分文，在两个月的流浪旅程中，做过零工，捡过废品，有时还能混到餐馆吃别人吃剩的残汤剩羹。在一个细雨蒙蒙的黎明，我把身子裹在荒弃小车站的破屋子中的一堆稻草里取暖。脚下的鞋子已残破，露出了脚趾头，身上只穿了两件单衣，为了抵御夜里的寒风，我将背包里所有的衣裳都穿上了。

"你这么穿是没有用的，很快你就全身酸痛。"

黑暗中，一个嘶哑的声音飘过来，粘在我的耳朵边，好一会儿也没有散去，吓得我直哆嗦。这是个早已废弃的铁路小站，昨晚投宿之前，整个小车站连只小鸟都没有见到过，刚才是谁在跟我说话？我倏地钻入稻草堆中，把头用草盖着，露出眼睛在昏暗中搜索……

"嘿嘿。怕了？怕了还一个人出来走江湖？！"

那个声音继续飘荡过来。我吓得全身如筛糠似的抖动，牙齿咯吱咯吱响着，冷汗出了一身，脑袋里嗡嗡响着像滚雷滑过天空。横竖躲藏不过，我对着黑暗的虚空说："我……我乃天兄下……下凡的杨秀清，谁敢动我？！"小时候我爱听奶奶讲戏本里的故事，对里面的人物耳熟能详。

对面墙脚一团团黑影晃动着，看不清楚是人是鬼。有几个人在低声窃窃私语：

"这小子在说什么？"

"杨秀清，他说他是太平天国的杨秀清。"

"我还是洪秀全呢！"

昏暗的屋子里顿时爆出了一阵放肆的哄笑，笑声包含的人味儿让我大大地松了口气，还好，不是妖魔鬼怪，不会吃了我，大概是半夜路过进来歇息的修路工或挖煤工。我闭上眼睛装睡，饥饿感像毒蛇一样缠住了我的脖子，抓住了肠子和胃并将它们恣意地扭成一团麻花，搓成一根细绳然后再打成死结。我用牙齿紧紧地咬住霉烂的稻草，不让自己哼出声来让他们看笑话。

迷迷糊糊醒来，天已大亮，破烂狭窄的候车室只有我一个人，墙沿下地面上搁着很多张被揉得皱皱的旧报纸，排成了一排，每张报纸上几乎都可以清晰地看到一个屁股轮廓，标志着他们真的存在过。地上有几个刚刚熄灭的烟头，显然他们没有走远。我拎着小包裹迅速冲出大门，打算朝路上寻找他们，要一口干粮吃吃也好，能跟着他们找点零活干干，没准能管吃管住。刚走到候车室拐弯处，就听见隔壁另一间破屋里传来低低的说话声：

"四哥说了，招子放亮点，踩好盘子就散水！回头您老要是有空去瞧他，他是要'八仙迎客'的。"

"当咱是并肩子，就一家人不说两家话。"

我不明白他们说的是什么俚语天书，不过很快就明白了，那是几天以后，一名叫91的少年告诉我的。当时我走到门边，鼓起勇气大声咳嗽了两声，想引起他们注意，里面顿时鸦雀无声，旋风般从里面冲出两个黑头黑脸的中年男人。我正要张嘴说话，他俩的拳头就如暴雨般劈头盖脸打来。

我满脸是血，大哭起来。

"行啦，别打了。"

一个似曾相识的苍老声音在说话，我听出来是凌晨最先跟我说话的那个人。我像一条旧麻袋般被一只大手拎到他的面前，

第六回 梨花

一个六十多岁的男人，也许更老一些，灰褐色的脸上眼睛像铁钩子一样看着我，歪着头看我眼泪鼻涕鲜血混杂纵横的脸，像是欣赏一幅画。我一口痰啐了过去：

"我操你大爷！"

"醒啦？"

一张婴儿肥的脸在我眼前晃动，看上去和我年龄相仿。我苏醒过来，浑身酸痛，迷迷糊糊地看着他："这是哪里？你是谁？"

他端过一碗黄中带绿浑浊的药茶，不由分说地喂我，"咕咕"地灌下肚子，把碗往桌上一掼，"有种，敢朝龙二爷吐口水，这内蒙古地头上没有第二个人——兄弟，你混哪里的？"

"我管他龙几……我这是在哪儿啊？"

"你不知道啊，你先是挨了大伙一顿揍，还生病了，高烧烧得稀里糊涂，看样子好几天没吃东西吧。龙二爷说扔你在那荒山里肯定是死路，万一你有个三长两短，警察顺藤摸瓜查起来还以为是咱们把你怎么着了呢，正好有车来接我们来达里诺尔，车上有空位，就顺道把你捎过来。龙二爷说了，等你一醒，就打发你走——敢情你还不知道我们龙二爷的大名？说出来吓死你，他老人家没枪没刀没兄弟，可道上的人都把他当活菩萨供着，好吃好喝地侍候着。"

"天啊，达里诺尔是哪个地方？离我家乡大庆有多远？"

"好远好远的呀。"他瞪着圆眼睛说,很快又不好意思地低声问我,"大庆在哪儿?"

这是我和91的初次相识,对于他为什么会叫这么个古怪的名字,是我一直想问的问题。他们隐匿在庸常的时代背后,有清晰的组织,透出不可告人的神秘气息,有老有少,衣服时而又脏又旧,时而穿得板正挺阔。他们像游民,又像农民,有时又像失业的工人,甚至游方术士或算命先生,散落在民间的缝隙里,像野草一样生长。我很快和91一见如故,两个小时后我们已经是无话不谈的好朋友,用他们的黑话就是"并肩子"。得知我居然念过书,而且念到了初三,他羡慕不已,顿时对我刮目相看,称呼我为"文化哥"。听得我脸红耳朵热,但是很受用。这一年91十六岁,原籍何处就不知道了。据说他妈妈生了他后,用一件衣服包裹他,在一张纸上留下了他的生辰八字便弃之街头,被一个要饭的老乞丐捡去养着。老乞丐去世后他便开始了一个人的流浪生涯,捡过废品,当过乞丐,做过"龙马"(小偷),被抓去打得死去活来,直到遇到了龙二爷才有了口安稳饭吃。因为生得机灵可爱,心眼又实在,龙二爷便收留了当贴身小厮。

"要是没有龙二爷,我现在肯定活不成。"

他让我放心,等龙二爷在外"做活"回来后,他会帮忙美言几句,求龙二爷收留我应该没有问题。"大家都是出来混的嘛,要相互帮忙,何况龙二爷是出了名的好心肠,他身边无儿无女,心软,最见不得孩子们受苦。"他让我不要走了,只管在这儿安安心心吃了就睡,等龙二爷出差回来。

这是一幢黄土垒起的屋子,简陋而干净,但是结构古怪,房间细长,客厅大得吓人,几乎没有什么家具或日用品。傍晚,我吃了些东西,恢复了力气,打开门往外一看,吓了一大跳——我本以为身处人口密集的集市或居民区,却万万没想到目之所及是一大片枯草连天、望不到边的戈壁滩,不用说荒无人烟,就连一只老鼠也难以看到。原来这是一处临时居所,春夏季节偶尔被当成放牧人的临时栖息地。

"这是什么鬼地方,人烟都没有,房子建在这里干吗?"

"这你就不懂了吧?!嘿嘿,别小看这块地,地下有宝!"91朝我眨眨眼睛,故作神秘,"说你见识少就是见识少!房子盖在这里是有学问的。"

"龙二爷几时回来接你走?"

"这个哪里能随便问,这是咱们道上的规矩。龙二爷的话我当然要听,既然他叫我在这里等着他,我就不能走开,也不能去找他,只能等着。放心吧,他不会丢下我们不管的,有人请他出山去干活,活完了就回来。"

他用小铁锅做了两大碗捞面,拌了酱油,一人一碗。我毫不客气端起碗一口气吃了个精光,末了还仔细将碗边缘的残汁舔了个干净。

龙二爷去了半个月还没回来。

"他平时不这样的，不会走这么久。"91有点不安。

"会不会走亲戚去了？"

"他家里早就没人了。"

我看着厨房越来越少的粮油蔬菜，试探提议："那咱们走吧，去城里住一阵子，等有了龙二爷的消息再回来。别等下去了，万一他不回来，咱俩难道要生生耗死在这个荒无人烟的戈壁滩啊，人不能死脑筋。"

他吃惊地瞟了我一眼，大约是不知道该怎么驳斥我。我明白了他不会听从我的建议，只好讪讪笑了笑。很快，房子里囤放的大米吃完了，大白菜也没有了，只剩一点白面，我们决定每天改吃两餐：熬面糊糊。龙二爷显然以为自己三两日内会返回此处，所以给91储备的食物并不充足。不过这难不倒我们，每天早晨，太阳像只腌鸭蛋黄似的挂在东边，我和91就出发在附近寻找食物，去茅草丛中挖野菜，去未封冻的河边摸小鱼。有时也有意外的收获，比如逮到一只野兔或山猫之类，遇上这样的好事就等于过大年，立即拔毛放血，抹上盐巴，用泥巴糊起来，放在小土坑里用猛火烧制，直到闻得到肉的清香阵阵飘来，我们的大餐就开始了。

关于龙二爷的传闻，江湖上有很多，有的说他年轻时就是个"挖窑"(盗墓)的,有一次在地面上接货,地下墓室里有他从小玩到大的兄弟,他接完货后就割断了绳索填埋了盗洞。同伙绑了他私设公堂,面对众人的拷问,他只说了一句话:他睡了我女人。到底还是让龙二爷逃走了,从此再也没有回过故乡,后来只肯给人"踩盘子""抽水"过日子,绝不亲自掘墓。

漫长而穷极无聊的等待时光里,我们交换彼此的见闻。91说起师父便一脸自豪,脸上放出光彩,同时又是一脸神神秘秘,生怕说出来我会抢了他的福气和造化,但又忍不住想向我炫耀他自己的见识:龙二爷可不是谁都见得着的,络绎不绝的人上门送钱送物,目的只有一个:希望他出来"做趟活"。不过,他只给少数人面子。

原来龙二爷的本事就是仅凭眼睛和感觉就能看出哪里有"宝",有什么样的"宝",当然道上不这么叫,叫"货"。春暖花开,龙二爷心情好,抹不开面子,就吸着长长的旱烟袋,让人用好车拉到某个乡间地头或沙漠荒滩。龙二爷下车后迈着方步四下转悠,后面跟随着几个毕恭毕敬的人,有的撑伞,有的拿毛巾,他们有时甚至还手提着太师椅,时刻准备让龙二爷坐下来歇会儿。龙二爷不出一袋烟的工夫,就给这地下的祖宗把了脉:是唐还是宋,是帝王还是将相,甚至能出多少货,也能估个八九不离十。人家探货是用洛阳铲插入地下看看有无"五花土",以断有无古墓,龙二爷却不同,最神的就是这里:他是用鼻子嗅！先用眼睛看后断定有"活"做，然后开始用鼻子断代，只需随地抓起一把土放在鼻子边闭上眼睛深深一吸——祖宗的朝代和身家就出来了。而且龙二爷"踩盘子"从未让道上的朋友们放过空炮，说此处有货，铁定有货。吃"挖窑"这碗饭的人没有不服龙二爷的，在香港、台湾，及海外的圈子里，知道他的人亦不在少数。

我如听高僧布道，羡慕得口水直流。

91愈加洋洋得意，卖弄起各种生存的本事给我瞧：

说起要饭当乞丐，也有大讲究，首先要跟好帮派，乞丐头有没有狠气镇住地盘很重要。一旦出现帮派械斗，则能闪就闪；做"龙马"则更有讲究了，名堂更多，不过也最让"道上"有点脸面的瞧不起，认为是只有"栽麦子"（混不开）的人才干的活；至于"挖窑"，讲法就不同了，有"大集团"和小作坊之分。何谓大？就是有坚固网络且分工明确，两个月一口气掘空西南省西面荒滩古墓一百三十八座的，每天多座同时开工，手法干净利落，只留一点零碎"剩货"给考古队，搬不走的也要砸碎捣乱。何谓小？就是两个或三个人，组合者一般都有亲属关系，最不济也是顶要好的朋友，以防一人下墓将"货"递完后遭上面同伙封土活埋。但鲜见父子结伴，这是历年来的规矩。

黄昏，说完了很多话后，我们坐在屋外的土堆上，作为回报，我告诉了他我为什么离家出来闯世界。

"为了一个女孩？"他惊愕的嘴巴张大得可以装下整个浑善达克沙漠。

"她的眼睛像天上的星星一样闪亮，爱看书，曾对我说她喜欢书里的'英雄'，所以我要当一个大大的英雄就肯定配得上她，而不是一个石油工人。我的爸妈是石油工人，我的街坊四邻全是石油工人，整个城市全都是石油工人，可是我不想将来当石油工人……她不爱说话，一说话脸就红扑扑的……那种红真美啊，是你这粗人想象不出来的美！"

他坐在门前，对着沙砾静静想了一会儿，又走过来，满怀期待的眼神看着我，扭扭捏捏地对我说："你说说，你的女同学脸红起来的颜色……有多红？是像红棉布那种红吗？"

"真没想象力，到底是没文化啊，红棉布多难看。"

"那……那是红苹果的红吗？"91不好意思地说。

"不，是早晨的红梅花开在雪地里的红，是太阳刚刚升起来的红！"

他被我诗意的语言震住了，好一会儿，眼神才从我脸上剥离开来。此时的夕阳无比壮丽而缓缓地沉下荒凉的戈壁滩天际，那一刻大地呈现出金黄色的牧歌田园般的景象。短暂的优美之后，当最后一抹金子般的色泽慢慢消失，暮色笼罩的旷野风云突起，大风呼号着，转眼间飞沙走石。西面浑善达克沙漠吹来的风沙像刀子一样。

雪停了就走

一个月过去了,龙二爷还没有回来,酱油吃光了,盐也快完了。

"没有盐就会没有力气!"

91这才慌了神。一大清早,他起床穿好衣服戴上皮帽子,让我守在房子里等候从此处路过去达里诺尔小镇的牧民,他赶到五公里外的驿路上等候驼队的牧民换点盐巴。下午的时候他返回来了,喜滋滋地提回来一只大肥鸡,不过偷鸡时手臂让鸡给啄伤了,他在门口草丛中翻找了几株细叶片草,用嘴嚼烂了敷在伤口上。

"我问他有没有盐巴,他说'没有,小孩子快滚开',嘿嘿,当时我立即'滚开'了,'滚'到驼队最后面去,趁他不注意抢了这只鸡正打算跑,被他发现了拿出火铳想开枪打我。我91哪有这么容易对付,立即对着一匹骆驼的屁股用力咬了一口,牲畜痛得前冲后撞,整个驼队受惊乱了套……我就趁机跑掉了。"

一番兴高采烈的宰杀后,我们在屋子中央生起一堆火,边烤边吃。屋外,北风呼啸,天寒地冻,91说:"可惜没有酒。"

我眼眶有些湿润,对他说,等将来我发了大财,就用酒给他洗澡。

我的皮肤晒成了油光光的古铜色,嘴唇让凛冽的寒风吹得裂开一道道口子,戴着房子里不知谁遗留下的一顶肥大的帽子,在荒凉的戈壁滩上找野兔或獾鼠充饥。91已将我训练成一个野地捕食高手,我进步得很快,有时收获比他还多。每次取水的时候,91都要和我一起拎着大木桶,来到房子不远处的小河边,我发现小河边鹅喉羚羊、山鸡、野兔等动物出现的频率特别高,当我惊喜地告诉91,他嘿嘿地笑,说这个发现是毗邻沙漠的戈壁滩上人人都知道的常识,不过他再一次警告我:不到万不得已不要单独在河边逗留!这一点,是他在第一天就警告过我的。

"容易到手的美食是危险的!"

大字不识几个的91晃着硕大的脑袋居然说了句充满哲理的话。

终于有一天我在河边发现了狼的脚印。

我吓得号叫着跑回屋子跳到床铺上用棉被裹着身子,刚好露出两只眼睛,瑟瑟发抖。原以为跟着他可以混吃混喝见世面,没想到危险离自己这么近,而且被困在这个荒凉的鬼地方动弹不得。他不肯走,我一个人根本没有勇气走出无边无际、杀机四伏的戈壁滩，荒漠游荡的狼群和看不见的沼泽泥潭悄无声息等候在某个角落……这里离沙漠太近了，没准哪天我们还没来得及离开就连房子带人让沙漠给吞了。

"我们得抢在大雪来临之前备好足够的柴火口粮。"91严肃地说。

几场断断续续的小雪之后，天阴沉沉的，大风呼啸，大雪随时都有可能下起来。我们争分夺秒地砍伐茅草和灌木，收拾屋外早已晒干的动物粪便以做燃料，并冒险在小河边伺捕了一只干渴的笨拙的母羊。捕杀的那一瞬间我看到了它眼中的眼泪，像我的家乡屋檐下的秋雨一样大颗大颗地滴落。剖开它的肚子后，我们看到了另一只湿淋淋的没来得及长出眼睛的粉红色小羊……雪花大片大片飘落下来，以迅雷不及掩耳的速度。

铺天盖地的大雪终于来临。

"雪停了就走。"91说。

大雪纷飞，好几天没有停的迹象。

"我不管，我要走，天知道这大雪会下到什么时候？万一下到明年开春呢？粮食快完了，好几天没吃到香油了，我是出来闯世界的，难道要在这荒漠待一辈子？再不走，不是让狼咬死就是闷死！"

"雪一停就走！"他重复了这句话，继续吸啃一只光溜溜的羊骨头。

雪花静静地飞舞，可怕的寂寞如浪潮一波又一波袭来。

屋外依然白茫茫一片。

这一天，91吭哧吭哧地看了看我，坐立不安地在椅子上扭动，像是夹着一个屁。经过两个多月的日夜相处，我知道他一定有话想说，这太让我惊喜了。我对他说，不要不讲义气，有屁快放，有新鲜故事就要讲出来，不要藏着掖着一个人独享。他犹豫了一下，最后还是开口说，他要告诉我一个秘密，有关师父龙二爷的。天啦，我全身的血液顿时欢快地加快了流淌，兴奋地催促他不要卖关子了："我都快闷死了，快告诉我。"

"我是看你闷得难受，才打算说的。"他接着卖关子。

"快说啊，别像个娘们儿！"我笑嘻嘻地推了他一把。

"龙二爷有一回专门认真地对我说，只要通读史书或当地县志，熟悉地质，再加上会看风水——因为古人择墓地是根据风水来定的，往往就十有八九错不了。"

我顿时泄了气，还以为他要说出什么有趣的故事呢。

一会儿，91吞吞吐吐又说了："他有一块护身的玉从来不离身，那块玉可能真的有点名堂。"

"什么名堂？"我的眼睛立即瞪得像马帮的铜铃。

"他没事就掏出来细细地瞧，放在鼻子下嗅了又嗅，有时候还跟它聊聊天。"

"这不是玉有啥名堂,而是你师父的脑子有毛病了。"我提醒说。

"前阵子,四哥的车接我们出发'做活',刚开出没多远,就让全副武装的越野警车追上了。不用说,一定是警察早就盯上四哥了,一路跟踪进了塔克拉玛干沙漠……对方朝天开枪,我吓得尿了一裤子。四哥的兄弟立马人手一支枪掀起车顶棚向后'嗒嗒嗒——嗒嗒嗒——嗒嗒嗒……'扫射……一场恶战后,四哥的手下一死一伤,所幸警车的轮胎被打烂后没有再追,我们总算捡回一条命。到了夜里,龙二爷睡不着觉,感慨地跟我说了许多事,看样子他想收手不干了。"

"龙二爷说了玉吗?"

"说了,他说这块玉能够让拥有它的人看到美丽的幻境,还能看见已经消失的过去。"

"菜快凉了,要不要重新换菜?"

独眼男人暂停了讲述,关切地问梨花,脸上露出少有的温和的微笑,笑容里有些疲惫,他右边那只眼因为回忆而激动得充满了红血丝,光光的头顶冒出了细密的汗珠。

"谢谢,我不饿。"

梨花好奇地端详他布满色斑和隐约伤疤的胖脸,因为肥胖,他的下巴和脖子连成一体,几乎看不出明显的凹凸,额头上斜绑一只黑色眼罩而更显得凶蛮神秘。梨花想从这个独眼男人的脸上找出故事里秋天穿过芦花地去流浪的少年,显然是徒劳,他正专心地大口大口嚼着油亮的鹅肉,往嘴里扒着白花花的米饭。看样子回忆消耗了他不少气力,他真的饿了。

举起手来

　　自从91说了这件事，龙二爷的玉就是我俩日日必讲的话题。空气不再是沉闷而死寂的，我俩像打了强心针似的没日没夜地议论，晚上不想睡觉，白天不想吃饭，莫名其妙地兴奋得满面红光、全身冒热气。它是我们进入戈壁滩以来遇到的最有趣味最值得反复揣测的事，猜测那块明朝玉的来历和神奇力量已是我俩生活的重要内容。91还不厌其烦地用细木棍在地上画出玉的具体图样，对它的色泽和温度同样精细地用各种比喻和形容准确告诉了我，我熟悉它的每条经络胜过熟悉我的双手，熟悉它青白透红的色泽胜过熟悉我的脸。我认为这东西肯定是国宝，应该用鎏金盒子盛装上，里面得垫上等的丝绒布。一般人还不让看，够得着级别的大官儿才能看，外宾来了就让他们开开眼——当然也得是很大官儿的外宾，如联合国秘书长、某国总统级别的，一般的小官就算了。

　　"联合国？联合国是干吗的？"

　　91小心翼翼地问我。他对我上过学这一点早就佩服得五体投地，可怜巴巴地望着我，希望我给他指点迷津。我忍住笑，故意捉弄他：联合国是一个歌舞团的名字，什么舞都跳，但是票价贵，一般老百姓看不起。

"文化哥，你知道的真多啊，有文化就是好！你教我认字好吗？龙二爷已教我认得一些字，前后加起来快一百字了，你接着教我好不好？我拜你为师！"

"好，你先磕三个响头。"

我话音刚落，他认真地走到我面前，"咕咚"一声跪下了，连磕三下。

我骇然，半晌说不出话来。

有一天清晨，我们躺在炕上不起床，希望胃忘记早餐。91听到遥远的几声枪响，他惊得跳起来，一脚把我踹醒："文化哥，谁在打鸟还是打羊？"

我被他踢醒了，很不乐意，取笑他做梦还在打猎。

雪停了。

该死的雪下了十天，房子险些被雪埋了。天空如同一张失血过多的人脸，灰白带青。太阳出来了，像一张褪色的邮票贴在天空的右上角。推开门时，如破壳而出的小鸡，我有重获新生之感。雪地一望无垠，一只拖着长长尾巴的长脚怪鸟刚好从门前经过，它猛一回头看到两个活人站着，跳将起来飞快跑远了,生怕我们将它拿下做了烧烤。

我模仿持枪射击的动作,眯着眼抬起手指瞄准长脚怪鸟渐渐远去的小黑点:"叭——叭——叭!"

小黑点变大了。

越变越大,越来越高,越来越近……朝房子走来。

一个四十多岁满面胡楂的男人穿着羊皮袄子,戴着狐狸毛帽子,一摇一晃地走过来,姿势怪异。我吓得连忙躲进屋,91应声提了一把铁锹跑出来。来者站在门口,嘴里骂骂咧咧:"91你这个臭小子,你这个狗日的,见老子来了居然提把铁锹来迎接老子,没大没小,当初要不是我在龙二面前说你的好话,求他发善心,他会收了你跑腿打杂吗?!你会有现在的好日子过吗?不会,你指不定现在饿死在哪条沟里了。"

91顿时像泄气的皮球,请他进屋子里坐:"误会了,大秦哥,您请屋里面坐,外面冷,屋里暖和。"

来人毫不客气地进屋,灌下一大碗热茶,往床上一躺,叫91过去给他捶捶背,刚捶了没几下又很不耐烦让他走开,斜着眼睛看我,大声训斥91:"这小王八羔子是谁?你怎么收留了外人?要是在你这儿走漏了风声,我就杀了你全家只留你一个人独活在世上,看你好受不好受。"他忽然想起了91没有全家可以给他杀,91的全家就剩他一人,于是悻悻然闭上眼睛养神,不再吭气。

"龙二爷怎么没回来？"91问他。

"不知道，我好一阵儿没见他了，四哥也在到处找他。这阵子你最好什么也别问，外面风声紧，快拿吃的吧，吃饱了我好赶路。"他心神不宁，不断地往屋外偷望，让91把床铺底下的药材翻出来，"四哥上回给了你们整箱止血药、止痛药、跌打损伤药、胶布棉纱……我刚才在路上遇上一只狼，一直在暗处跟着老子，被我发现了然后打起来了，狼咬了我一口……本来止住了血，现在又开始流了……"

他从大腿上取出了一颗子弹。

91的脸一下子苍白了。

两小时后，长脚怪鸟消失的方向，又走来一个黑点。

黑点越来越大，越来越近了……朝房子这边走来，走路的姿势同样奇怪，也是一拐一拐的。这一回是91先看见，他在门外雪地里尿尿，提着裤子轻声喊我："你快出来看，有一个女的走过来了……"

我闻声走出房子，一支黑洞洞的枪刚好指着91的鼻子。

很多年后我一直忘不了雪地走过来的那个女人，穿着北方乡下妇女常见的浅红色格子棉袄。二十多年过去了，她的坟头应该早已长满了青草。作为外地人，她显然不熟悉戈壁滩尤其大雪之后的地形，想返程寻求支援却迷路了，误打误撞和持枪盗墓贼再一次狭路相逢。几个月后的一个晚上，在一张包油饼的报纸上我又一次看到了她的样子。如果不是看内容介绍，我几乎无法将那个乡下妇女的形象和照片上英气逼人的制服形象对上号，照片下的文字追忆了她短暂的一生，无限哀痛地追封她各种荣誉称号。那块油饼我没有吃，虽然它是用我身上最后的两角钱买的。我想起那个雪地的早晨，她对我说的第一句话："举起手来。"

当时，我的脑子像被响雷震过似的嗡嗡响着，听不清她后面还说了什么，也许什么也没来得及说。只是一愣神间，大秦从屋里窜出来，抢起一只小板凳砸在她的手腕上。手枪掉在雪地里，她垂下右手痛苦地蹲下身子。

大秦像绝望的野狗般扑了出来，操起门边一根铁棍对准她猛抽过去。她就地一滚躲了过去，铁棍抽打在雪地上，溅起雪浪。她扑过来想捡手枪，被大秦一脚将手枪踢飞了出去。

我和91吓得牙齿打战，跟着他们厮打的身影无目的地跑动着，下意识地想劝开他们，说："你们不要打了，有话好好说。"

大秦嘴里喊："91你这狗日的快抄家伙帮忙啊！"

他们越打越远，像两个雪球在碰撞中越滚越远。雪地里留下混乱的脚印和点点滴滴的血迹。我们一人拿刀、一人拿棍朝他们奔跑过去，像两个找不到出路的疯子，脑袋里一团糨糊，不知道发生了什么事，也不知道该帮谁。91手里的大砍刀高高

第六回 梨花

地举起来,却不知该砍向谁的头颅。

"91,快砍她。"大秦喊道。

说时迟那时快,趁他说话分神的一瞬间,女人掏出一副手铐"啪"的一声铐在他的一只手上,手铐的另一端迅速地铐在自己的左手腕上。大秦发疯地用另一只手卡着她的脖子,两个人同时摔倒在地,从一个长长的大斜坡上滚了下去。大秦弯着腰先站起来,正准备抬脚踢女人的头部,就在那一瞬间,大秦的身子猛地向下一沉,没有任何预兆的,整个下半身已深深陷入沼泽泥潭中。

"完了!"91大叫一声。

大秦安静下来,一动不动,不再挣扎,对于长年出没于沙漠和戈壁滩的人来说,已经明白是怎么回事了。他的脸上露出古怪的表情,不像哭,也不像笑,每一块肌肉都在剧烈地抖动,眼睛盯着逐渐上升的地面……从那以后,我再也没有见过比那一刻更绝望的眼神。女人终于也明白了,她发疯地用右手在地上无助地摸索,想找手铐的钥匙。

大秦号哭起来,骂不绝口:"臭娘们儿,为一点点工资你就把我往死里整,从陕西追到内蒙古……我家里还有七十岁的老母没送终……我的娘,儿不孝啊!"

泥潭已淹到他的胸部。

他悲哀地看看我,看看91,又看看她,对瑟瑟发抖的女人说:"你要立功,我的事和我媳妇无关,她全不知道,求政府不要为难她。91你这个猪脑袋,快拿砍刀来——把我戴手铐的手腕砍下来,她就能活命。"

91匍匐着爬过去,举刀的手不停发抖。泥潭已到了大秦的肩膀,他将连接女人手腕的左手高高抬举在地面,大骂91:"91,你这个狗日的,快砍我的手啊,让老子也做点善事好不好,下了地府见了阎罗王我也好交代。"泥潭终于淹没了他的声音,在手腕即将消失时,91的刀砍了下去,却没能砍断,但淤泥中弥留的大秦一定感觉到了刺痛,这刺痛是他一生唯一的荣光。

女人的手已经拖入了泥淖,眼看要淹没到手肘,"砍她的手!快,快砍她的手。"我在坡上绝望地喊。

"大姐,你可要忍着点!"

91叫了一声,白光一闪,对准她的左手肘飞快地砍下去——她惨叫着,身体抽搐着……鲜血喷在雪地里。

我们合力将她抬进屋子,按住她因为痛苦而抽动的身子,91将止血药大把大把撒在断腕处,用纱布紧紧缠住,血依然一点点往外冒着……她嘴唇灰白,时而糊涂时而清醒,清醒的时候对我们说她好冷好冷,我们说你不要怕,咱家有被子,全部给你盖上。她又说肚子有点饿,但是又不想吃。我们说咱家还有羊肉,一会儿给你全炖上。91吩咐我脱下棉衣,盖在女人的身上，指着门的方向对我说："你向东跑，一直向东跑，用你最快的速度，不要停，不要回头，不要拐弯，一直跑到看见人或镇子你才能停下，让他们帮你叫医生来，叫车来！叫警察来！"

出发前我手持屋子里大秦遗留下的长枪，朝天打光了所有的子弹。

这是我有生以来最漫长最绝望的一次奔跑，在白茫茫的雪地里，我边哭边跑，一分钟也不敢停歇。黄昏时刻，当我带领镇上的警察和医生赶到现场时，远远地看见91缩着脑袋默默蹲在门外，缩成一颗松果。

护城河上听秋雨

后来，我和91失去了联络。

我们被分开接受审讯，91不知被他们带到哪里去了。我先被放了出来，临走时，一个神色严峻的胖警察给了我五十块钱让我回家。我拿着这笔巨款激动得舌头打结，撒腿就跑，跑到一个没人的地方数了又数，放在嘴边亲了又亲。不敢久留，逃票坐车到了锡林浩特，找了个小饭馆，花了五块钱点了两个小菜，特地叮嘱要用小磨香油炒，不然不付钱。剩下的钱让我用手绢包裹着揣在裤裆里，用麻绳系紧了大腿，以免它滑掉下来。

初尝逃票的甜头后，我学精了许多，发现这个世界是有规则的。但规则不是绝对，有头脑的人无须遵守规则就可以得偿所愿。如此看来，顺着铁路线走路的人是十足的傻。我学会了逃票，登上火车在广阔的天地间游荡，从锡林浩特到化德、呼和浩特……由此认识了一大批同样在铁路线上游荡的同道中人，年龄有老有少，目光有的呆滞有的机警，火车就是他们的家。他们像91一样，一生下来就被父母遗忘在人生某个旅途中，被乞丐和小偷养大，像狗一样活着，在没有未来的生活里啃着剩骨头沾沾自喜。他们大多数和我年龄相当，我很快从失去91的孤独中走出来，跟其中几个成为好朋友，结成了团伙，由一个叫马克的少年领头当老大，我因为念过初中、头脑灵敏而被称为军师。

马克是个洋名，而他本人却是地道的中国血统，当时十七岁左右，至于是哪里出生，他自己也说不清，有可能是广西，有可能是安徽。人贩子拐了刚刚五岁的他后，坐火车运往内蒙古意欲卖掉，不料中途他发高烧病得很重，人贩子眼见买家未寻到却要花一大笔钱治疗他，不划算，于是遗弃在火车上。他吃火车上乘客的剩饭、住无数站台候车室长大，偷乘客的皮包很少失手，在火车上自由往来畅通无阻，是个"铁路通"，打架毫不手软，不少小伙伴愿意认他当大哥，他觉得很有面子。

我绝口不对他们提起我和91的经历。很多个晚上我们一伙人背着"战利品"从某个小站下来，坐在铁路边某个荒凉处把各式各样的皮包打开，比赛看谁的收获最大，然后买来酒和菜痛快吃喝着，听各自吹牛讲光辉的过去……我不讲，我不讲家乡学校里那个爱脸红的女孩子，不讲龙二爷和91，也不讲那个死在戈壁滩的女警察。我不动声色地喝着劣酒，蜷缩在人群角落里，听着火车轰轰隆隆从耳边经过，微闭着眼睛，火车的光亮映着脸，我的心像是死过去又活过来，活过来又死过去。

到了第三年夏天，我已经是内蒙古铁路线上的老油条了。

我有意识地接近一些在"挖窑"行当里混过的人，向他们打听龙二爷的消息，原来龙二爷自从两年前的冬天替四哥踩盘子到了达里诺尔，就再也没有露面，突然从人间蒸发了，活不见人死不见尸。起先道上还有不少人努力想找到他，去了几处他平时经常隐蔽的住处，发现屋里早已结满了蛛网，人显然再也没有回来过。也有人曾见过龙二爷的小跟班91在锡林浩特的建筑工地上搬水泥，也有人说见过他在煤矿做工。

得到消息的晚上，我流了一夜的泪。

黎明时，我悄悄收拾了简单的行装，不辞而别。两天后我在锡林浩特下了火车，像一条鱼一样在这个城市里四处游荡，我希望看到91，希望能在某个街头的拐弯处遇见他，把我这两年来所有经过的事、所有的思念和孤寂都告诉他，告诉他我多么想他，我多希望能再有一场大雪把我和他困在世界的某个角落不能动弹，好继续吃着羊肉围着火盆讲许多话，讲我从未曾见过却倍感亲切的明朝玉坠。

两个多月过去了，依然一无所获。

又到了北方的秋天，风高高地扬起尘沙。天蓝蓝的，我抬起头，看到一排排大雁经过，不知是不是当年离家出走时芦苇河岸看到的那个雁群。有一天傍晚，我在锡林浩特一个肮脏小饭馆里找东西吃，出来时天已将黑未黑，一个又黑又瘦的少年光着脚低头走过马路,身上的衣服又脏又破,看样子是刚从某个建筑工地收工回来,头发上脸上全是灰白色的泥灰——我的眼泪顿时涌了出来,滴落在衣领上。他的脸被污垢弄得再脏乱我也认得出他,他就是化成灰我也认得他。

我痴站在原地,望着他走过的身影,声音哽咽,冲他大声喊道:"91!"

他呆呆站住不动,慢慢转过身子,昏暗的路灯映照在他的脸上,眼泪从他深黑的眼睛里涌出来,他说:"我就知道你不会丢下我的,我就知道你不会的。"

夜里睡在91的工棚里,我们笑了又哭,哭了又笑,有说不完的话。

他说,当时警察问了他许多问题,他吓得发抖,但不敢乱说话,因为说错话在道上是可能活不成的。关了他半年之后,他被放了出来,女警察的丈夫来监狱门口接他,只是流着泪看着91不说话。告别的时候,他问91想要点什么礼物,91想了想,说:想要一本字典,最新最厚的《新华字典》。

91从床铺下抽出一本《新华字典》,果真是厚厚的,但已不新了,还有些残破陈旧。他拿起字典在我面前扬了扬,有点得意地对我说:"好多字我都能认得了,联合国根本不是歌舞团。"

他一直没有提到龙二爷,好像忘了似的。

我们结伴流浪,后来在城郊一家饭馆找到洗碗的活计,不发工钱但是管吃管住。他一直没有提和龙二爷有关的任何事，包括我们曾共同津津乐道的神奇的明朝玉，好像从他的记忆里被洗得干干净净。我的忍耐几乎到了极限，有一天晚上终于问他："91，龙二爷呢？"他用被子蒙着头哭，说一年前两个人高马大的陌生人来煤矿找他，让他出来一趟，外面有人找。一个四十多岁的男人等在煤矿马路边的黑色轿车旁，白而圆胖的脸上意外地长着一双凤眼，眼角尖尖地朝上翘着，颇有意味地看着黑乎乎的91，脸上挂着神秘莫测的笑，薄薄的嘴唇在说话："听说你到处放话说龙二是替我干活的时候不见了，你这不是在毁我名声吗？记住了，以后不要瞎说，我一向对龙二爷是很尊重的，你明白吗？！"

"龙二爷在哪里？"

"你今年十三还是十五？长得这么瘦小啊。"

"龙二爷在哪里？"

"我很尊重你，你明白吗？！"

"龙二爷在哪里？"

他手下的人冲上来劈头盖脸地打在91的头上脸上，他被打倒在地上，满嘴是血，被一只手抓着头发拖到这个外号四哥的凤眼男人脚下。四哥蹲下身子，伤心而真诚地说："你知道吗，我很尊重你啊！很尊重你的。"这句话是他最爱说的口头禅，可是这个满嘴是血的倔少年嘴里颠来倒去只有一句话——

"龙二爷在哪里？"

左右的人正准备上来又是一顿暴打，被四哥喝退了。四哥有些伤感，对左右说："学着点，他这是在教你们怎么做人。"然后扔给91一个小纸包，说："拿去吧，好好收着，看在你对主子忠心耿耿的份上，也算是给你个念想。但是你记住了，有多远就给我滚多远吧。"

轿车绝尘而去。他打开纸包，眼泪就掉下来了。

原来是那块玉。

"东西在哪里？"

我高兴得从床上跳起来，掀开他的被子，把他从床上拎起来问。他不紧不慢地从脖子下拽出一根细绳系着的小东西，凑到我眼前让我看："喏，就是这个。"月光透过窗子映照在床上，他看不清我的脸，我也看不清玉的样子。点起灯细细看，它呈椭圆形，长约一寸半，上方有一小孔用来穿细绳，雕得奇形怪状，不像蝉，也不像鸟，有点像灵芝；色泽不红不白不黑的，甚至有点黄锈斑斑。我大失所望："你不是说它很好看吗？这么丑。"

这天晚上我失眠了，原来他这些天每天都戴着它在我面前走来走去，却直到今晚才告诉我它就在自己身上。

"91，你醒醒！"我推了推他，两个人坐起来。

原来他也没有睡着，因为营养不良，眼睛显得更大更空洞了,下巴尖尖的。我对他说:"91,我要回家去了。"他一时呆了,神色黯然,嗫嚅着说:"你有家可以回,当然应该回去,能回家多好,不用做工也会有饭吃,有衣服穿……更要紧的是可以继续上学了。"

"那你怎么办?"

他的泪马上流下来,用手按着胸前的玉的位置,对我说:"不用担心我,我师父的在天之灵会保佑我平安,我会好好挣钱,好好活下去,总会有一口饭吃。"

月光从窗外映照进来,让我们彼此的面目变得模糊不清,我鼓足勇气说:"91,临别了,既然我们是好兄弟,希望你能送我一件礼物。"我指了指他胸前的玉。他不说话,活像什么也没听见,屋子里静得听得见彼此的心跳。

乌云出现了,月亮长了一层细细的绒毛,91说,要下雨了。

第二天,我们没有像过去那样热络地说话,空气中起了微妙的变化。不管他是多么手脚麻利地干活,总能招来老板娘的咒骂。她的声音尖细,穿透力极其强大,像锥子一样锥他的耳朵。这个肥胖的女人之所以讨厌91超过我,完全基于一个朴素的道理:他吃饭多过我,我一餐通常只吃一碗,91却要吃上三碗。这一天,91连续打碎了三只盘子。老板和老板娘的叫骂声此起彼伏,他们罚他一天不吃饭白干活,算下来,一餐饭一只盘子,他们觉得还是吃了亏。下午的时候,天阴下来,秋天的风呜呜叫着，秋雨即将来袭。我对他说："91，我明天就走了。"

他装作没听见。到了夜里，他让我陪他到远处的护城河边散散步。晚上的河边人迹稀少，远处，城市的灯火映照着堤坝上高高的蒿草，秋天来了，草叶枯黄，在影影绰绰的灯火映照中呈透明的鹅黄色。他说，今天早上他起床的时候，在餐馆走廊的镜子里看到了自己嘴唇上的胡须，透明的淡黄的细绒毛……"我长胡须了，哈哈。"他笑了笑说，想缓和与我之间的气氛。

"你不想送点什么东西给我吗？"

他低下头不回答。

我没有再说话，转身就走了，往饭馆的方向越走越快。91站在原地大声喊我的名字，说那个故事是假的，没有幻境，没有龙二爷，没有四哥，"我是想让你开心才编出来的。"他的声音加剧了我的悲哀和愤恨。我跑起来，跑进饭馆的后院我们窝住的小房间，刚进屋外面就下了一场来历不明的夜雨，雨来得急促而迅猛，风呼呼刮着窗户，雨线在灯火的映照下剧烈抖动。最后我在走廊里找到两把并列放置的雨伞，我挑了一把铁柄金属尖头的黑伞，却没有撑开它，提着伞一头折回了夜雨中。雨水清甜，在忽明忽暗的灯光里呈现出透明的天蓝色，像千万只鼓动翅膀飞舞的羽蝉，裹挟着我跑向护城河。91背对着我站在护城河边的雨中，感觉到了我的到来，回过头来看我，雨水将他的脸冲洗得苍白透明。

他有些羞涩地咧了咧嘴，想给我一个微笑，只是还没来得及做出反应，雨伞的铁柄尖已经刺进他的左边眼睛里——他惨叫一声，想用手捂着脸，但来不及了……我扑上去，挥舞伞柄在他身上扎出很多洞……血水混合着雨水从他脸上、脖颈、胸前流淌下来，他大声哀号，试图躲闪。我一边抽打他，一边喊："快把东西交出来！"

他从胸口衣领下掏出玉，来不及解下，我上前一把扯断了挂玉的细绳，飞快地塞进我的上衣口袋。他趁机想逃走，我跳起来一脚踩在他身上，他顿时扑倒在地上又爬起来，用手捂着往外冒血的脸沿着护城河跌跌撞撞向前奔跑，试图甩下我。因为地面湿滑，他光着脚跑不过我，几次差点跌倒……我毫不费力就追上了他，用伞抽打他单薄的身子，他两手捂着不停冒血的脸哀号，恳求我放过他。

他比两年前瘦多了，瘦得像一缕轻烟，我几乎不费什么力气，就将他驱赶到河堤的边缘，用力一推，他的身子就飘了起来，双手在空中划动几下，就跌落在黑暗的河水中。

我提着伞在雨中的河边呆呆站了许久，看着他扑腾、挣扎，直到最后的平静。我把伞丢进了河里，沿着护城河慢慢向西走，雨水将我的眼睛淋成了粉红色。

我想起了91刚才还光着脚，找到他的那天，我就发现他没有穿鞋,一直在秋天里光着脚走路。他说过让我不要担心,他只需要在冬天来临前赚到买鞋的钱就行了。

　　我的眼泪涌出来,我脱下脚下的球鞋,扔进了护城河。

讲故事的人

它当然什么也不是,只是一块普通的石头,躺在我的手心,戏谑地盯着我看,像一个贫贱的无所畏惧的农妇看着冰封的冻土。二十多年过去了,同样在一个飘雪的黄昏,我孤独地蜷缩在某个酒店的棉被里,手心捏着玉,心里空空的——我想,这时有人来和我说话多好,哪怕是胡说八道也好啊。念头闪过的一瞬间,我想起当年 91 在那个戈壁滩同样百无聊赖的雪天曾经说过的一句话:"我是看你闷得难受,才打算说的。"

我明白了。黑夜降临,我的眼泪滴落在枕头上。在那个被雪困住的戈壁滩上,因为所有的话都说过了、所有的新鲜事都讲完了,所以 91 就给我编织了一个瑰丽的梦,用一块石头捏造了一个根本不存在的传奇。多少次我梦见他,他还是那样消瘦,光着脚,全身湿淋淋地看着我提着伞慢慢走到他面前。多少年过去了,他还是依旧站在当年的河边,在一场来历不明的夜雨里,悲伤的黑眼睛动也不动地看着我。

故事讲完了,菜凉了,杯子里的茶水早已喝光,两个人一动不动地坐在窗边，看着空空的杯子，像是看着深秋空空的旷野。独眼男人疲惫地蜷缩在椅子上，眼袋松弛，让凹凸不平的脸更显衰老之态，右眼半眯着不敢睁开，似乎害怕光线的刺痛，哪怕这是一个没有阳光照耀的阴雨天。

"让我看看，究竟是一块什么玉？"梨花好奇地问。

独眼男人从脖子上摘下玉，扔在她面前。她小心地捧起它，"看起来没那么丑啊，还不错。"她颠过来倒过去仔细地端详。

"拿去吧，送给你了。玉赠有缘人。"独眼男人说了一句让她意想不到的话。

"送给我？"

"现在它归你了，你也不用觉得欠我多大人情，其实就是普通料，玉本身不值几个钱。谢谢你肯听我讲完这个故事，我说出来了，心里舒服多了。"

梨花有点意外，心里很高兴。

那次午饭后，独眼男人向她告别。梨花问他下一站去哪里，他说不知道，到了车站，随便上一辆车，车载到哪里就是哪里，在以后没有玉的旅途里，他希望能从往事的噩梦里醒来。

梨花梦见那个独眼男人不止一次了。

梦让她很害怕，每次都是蠕动前进的人流，向着未知的方向面无表情地前行，独眼男人变得面目不清，站在街对面微微笑着，有点伤心地看着她……有时候她大叫一声从梦中惊醒过来,在一身汗水中虚弱地躺在床靠背上喘息,侧过头蓦然看到哑巴的眼睛亮亮地在黑暗中闪烁,如同秋夜野海上的灯火,光亮也是冷冷清清的。他面无表情,一动不动地在看着她。

她替丈夫盖好被子,再躺下。

她看见哑巴越来越频繁地翻动一只旧箱子,在阴暗的屋子里,隐约的阳光透过窗子照在他手中的各式物件上,他拿起它们又放下,在箱子里翻找着什么。"你找什么?你这是在干吗?!"哑巴不理她,悲切地翻动箱子。一把小藏刀终于被他找到了,刀上长满了锈,他拿起它认真擦拭后又放下了。这是他俩初相识时她送给他的礼物。他们相识于采石场,那个尘土飞扬、遮天蔽日的地方。哑巴曾开玩笑似的对梨花表示,如果有一天她离开他,他就用这把刀割破自己的手腕,放光身上所有的血液。

梨花像个泼妇一样叫喊起来,她趿着廉价的塑料拖鞋,张着腿站在屋子中央,唾沫从她的嘴里飞出来:"你这个没用的东西,你为什么不去找一份工作做做,我不相信你真的找不到工作,就是找不到也要想法找啊,你天天倒腾这些破玩意儿做什么啊?你有病啊你!你有点出息好不好,你给我一点希望好不好?"

她捂着脸蹲下身子抽泣。

傍晚,她又去买菜,只有这个时候的菜价最便宜,甚至能捡到别人不要的菜。她在陈旧的街市走着,长长的裙摆擦着积满尘土的街面,手里拎着菜篮子,里面装着几棵白菜和半斤土豆。路边的楼房和树木被晒得花白,阳光灰扑扑的,像一张褪色残破的渔网,她是那条孤独的鱼。回家的路上遇到了哑巴,他站在那里很久了,等候的姿态让她有些酸楚,她说:"不一定每天都要等候在这里啊,我自己认得回家的路。"

哑巴不能说话,他张了张嘴,用手指了指心的位置。

"我明白的,可是,你老是等候我,你没有自己的事要做吗?"

哑巴看着她。

梨花喃喃自语,拾级而上,楼梯摇摇晃晃,时而宽时而窄,像一座没有出路的迷宫。她回到了家,抖抖索索打开门,屋子里的陈设比灰扑扑的街道更加陈旧,新置办的窗帘、茶几依旧改变不了它的暮气。她缩在沙发上,像缩回母亲温暖的子宫。沙发的弹簧早就坏了,瘪下去一大块,浴巾被当作座垫布铺在沙发上,上面粘着昨天的饭粒。她昏沉睡去,而他还醒着,蹲在沙发旁想跟她聊点什么。随便聊什么都行,不然他会感觉身上所有的热量包括希望都要长着翅膀从陈旧的窗户飞走了,把他一个人遗落于永久的黑暗中,像一枚再也等不来春天的种子,在泥土里沤烂、寂灭。

黄昏降临,白日的余晖扫过阳台,沉入西山。

沙发上的梨花在黑暗中感到脖子猛地被死死锁紧,眼睛突突地快要暴出来，脑门轰的一响。她睁大眼睛，在挣扎中看见哑巴绝望地抖动肩膀，表情狰狞而悲痛。趁他喘息时双手稍微松懈之际，她用尽全部气力问他："为……为什么？"

他的脸庞扭曲，喉咙发出了怪异的哽咽声，手紧紧卡住她的脖子，再次用力收紧了双手。在弥留的瞬间，梨花骤然安静下来，她被眼前突如其来展现的一幅无与伦比的画面所吸引——玫瑰色的天空之下是浅蓝色的一望无垠的雪地，粉红色的桃花开在雪地上，美丽的金色鹅喉羚羊成群奔跑，卷起雪浪由远及近而来。原来91并没有说谎，绝世美丽的幻境真的出现了。可是色调明暗度急转直下，迅速黯淡成一条浑浊黑暗的河流，一个少年在黑暗河水中泅游，挣扎着靠近布满苔藓和浮虫的河堤壁沿，头从水中悄悄露出来，雨水的蓝光映照着他那只被伞柄尖戳烂的左眼，血水从眼洞里，汩汩流出来……

画面很快消失了，世界终于沉没于黑暗，她的身体在急速上升，向远方明亮的高高的天空飞去，在意识永恒熄灭的那一刹那，梨花终于明白了：

91，可怜的91，独眼的91，你才是讲故事的人。

第七回

珍宝岛

我见过你，你在四年前来过，是不是？四年前你是光头，有一眼斜绑着棕色眼罩，像只无头苍蝇在街头乱转……四年后你没什么变化，还是像只无头苍蝇在大街小巷瞎逛乱逛一气，这里见过你的人一定都忘不了，因为你是个独眼。

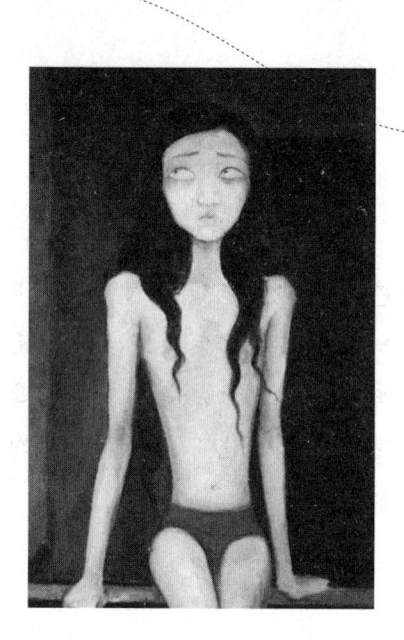

你是要左眼
还是要右眼？

珍宝岛不害怕人，不害怕动物，只害怕黑夜。

七八年前的某一天，那是一个有月亮的晚上，他住在海边一家小旅馆，晚上喝了一点酒，前所未有地安稳地沉入梦乡——他倏忽间回到了少年时，在一片荒凉的戈壁滩上游荡，明晃晃的太阳下汗珠闪耀着，一个黑黑的少年和他并肩奔跑，追赶一只母羊，呼呼的风声经过耳畔……这样的梦他做了许多年、许多次，内容大同小异。只不过这一天晚上他紧接着又多做了一个梦，梦见自己一下子很苍老了，躺在床上不能动弹，眼睁睁地看着一个左眼绑着眼罩、只剩一只右眼的男人毫不费力地撬开门，径直走进来坐在他床边，月亮从海面升起，照在他们身上。独眼的家伙有些得意地对他说："啧啧，你老了，真难看啊。"

珍宝岛的热泪一下子涌出来了，他像委屈的小孩子一样呜咽，手紧紧握着来者的手，久久不肯松开。他在无数的梦里见过他，那时候的他站在夜雨里的河堤上，双目明亮，左眼还没有瞎。珍宝岛摸着他的脸，声音哽咽地说："你也一样，也老得不成样子啦，真的好丑。"

"瞧瞧，你的肚子快掉到屁股上了，老得比我更厉害呢！"来者咕噜咕噜直笑，声音沙哑粗粝。珍宝岛在身上摸来摸去，从贴身口袋里翻出一只绒布小包，里面是一块玉蝉，忙不迭塞到来者手上，嘴里说："完璧归赵。"看着对方揣进口袋，他心里这才踏实下来，歪躺在床头发呆。月光从窗外泻进屋子，在他们身上蒙上一层白雪，来者说："这些年来，我真想你啊！"

珍宝岛顿时泣不成声，身子不停地发抖，说："我也是！"

又闲嗑了一会儿家常，聊了些故人往事，独眼的男人这才掏出匕首，温和体贴地说："我赶时间，兄弟，你是要左眼还是要右眼？自己选。"

"无所谓，你看着办好了。"珍宝岛说。

"好说，这样吧，我左你右，咱俩就对称了。"他拔掉皮质雕花的刀鞘，露出利刃。

"我怕痛。"

"没事，兄弟，你忍忍，我出手快，你不会受多大的罪的。"

珍宝岛没能忍住，他惨叫着从噩梦中醒来，全身在混乱的颤抖中大汗淋漓，脸上有什么东西热乎乎、湿淋淋的，顺流而下湿透了脖子、睡衣和旅馆的床单……染成了红色。他大口喘息，用手在脸上摸索着，嘴、鼻子……在右眼的位置，他摸到了空空的湿滑滑的洞。那天晚上，医院的眼科值班医生对一个紧急送诊的病人有了毕生难忘的印象,在整个包扎过程中,病人吃吃地笑个不停,并拒绝报警。不过从那以后,珍宝岛有了意外的收获,他再也没有梦见那个男人了。

他剩下一只眼到处闲逛,在许多地方游荡。几年后的某一天,他去了细雨霏霏的夜黄小城,他想找一间客栈住下。一个卖海棠果的老头提着竹篮和他擦肩而过,老头笑嘻嘻回过头对他说:"我见过你,四年前你就来过一次了,那时候是光头,现在你长出头发啦。"他神色傲然地走过,心中暗暗发笑,这老头的脑子有病啊。信步走进一家门前点着两串红灯笼的客栈,院子中央有一棵高大的木槿树,枝繁叶茂。他看见那个穿白色连衣裙的女人坐在木槿树荫下,黑黑的长发在月光下的斑斓树影里闪动,她正用手机眉飞色舞地讲电话。前台,一位胖胖的小姑娘坐在柜台里面看电视,眼珠转也不转,伸直了脖子盯着电视机看得入迷,好一会儿才缩回脑袋,转过身子,手里拿起笔,招呼新客人:"住几天?把身份证拿出来登记一下。"

"我忘带身份证了。"

"住几天?"

"看心情。"

"看心情?你心情要是一直好不了,你就一直住到明年哇?"木金花瞪圆了死鱼眼。

独眼男人嘿嘿直笑，竖起大拇指夸赞小姑娘的幽默感，同时用仅有的一只眼朝黑长发的女人飞了一个媚眼，嘴里高声说："等你们院子里这棵木槿树开花了，我就退房。"

前台兼服务员木金花胖到几乎没有脖子，脑袋直接安在肩膀上了，脸蛋红扑扑的，嘴巴老是惊愕似的合不拢。这时候她鼓起金鱼样的眼睛又问："你叫什么？"

"我忘记了。"

她嘎嘎嘎地大笑起来，露出粉红色的牙床，扭过头冲院子中其他房客大声说："天大的稀奇啊，这里有个客人忘了自己叫什么。"

"你叫我珍宝岛吧，我出生时，珍宝岛正开战呢。"

她笑得更厉害了，唾沫从牙齿缝里飞出来，溅到发票本上，她的手在登记册上歪歪扭扭写道：2004年6月13日，房客：珍宝岛。

木金花从乡下来夜黄干活两年了，从没有见过这里的太阳，空气湿润而芬芳，有无数只扑扑飞腾的灰白色鸟儿在空气中穿梭，每一次翅膀的扇动都带起更大的寒意。向四角高高挑起的屋檐飞拱望去，天空是一张遥远的灰白色的邮票。庭院里的兰花骇人地开放了，每一朵足有茶碗大，叶子肥大得像芭蕉叶。只要老板娘不在，木金花一有空就看电视，她觉得电视是世界上最好的东西。她目不转睛地盯着电视屏幕，电视上说，就在咱们夜黄城不太远的地方，有一座石头垒起的小城，人在石缝里走路，吃饭用石碗，晚上睡在石床上，庄稼种在石头上，结婚时男方拿石头当聘礼。

"有电视机的日子就是好日子。"她咧着嘴笑。

"给我挑一间你们这儿最好的房间。"珍宝岛说。

独眼男人背着包裹，每上一步楼梯台阶，都感到房子的某处关节在吱呀作响，响声穿过几百年的光影和尘土传到耳朵里来。长着金鱼眼睛的木槿花已打开了二楼拐角处的一间房，里面黑洞洞的，一只虎纹小肥猫"嗖"的一声窜了出来，经过时还恶狠狠地盯了他一眼，很快跃上侧面的屋檐，一溜烟钻进隔壁的裁缝铺。

他在木槿花客栈度过的第一个晚上，木槿树结满了细小的花苞，密匝匝的、累累垂垂。珍宝岛用毛巾给自己做了个头套，偎依在棉被里睡得像一个婴儿。他在睡觉前用剪刀精心地为自己剪了个漂亮的发型，来迎接夜晚美好梦境的降临。他一直信不过理发师，认为将自己的头交给一个陌生人是一件最可怕、最冒险的事。他喜欢睡觉，别小看了睡觉，不是每个人都能拥有一个婴儿般的睡眠。睡觉对于珍宝岛来说，最大的好处是可以做许多甜蜜的梦，在梦里，有许多见过或没见过的人来陪他说话聊天，有时候是一个女人陪同他絮絮叨叨拉家常，有时候是一群女人在叽叽喳喳说话。梦也有极其糟糕的，比如他不止一次梦见自己不是自己，而是另外一个人。珍宝岛在梦中气得半死，醒来也会闷闷不乐，不过终究比失眠要好受许多。

过去，珍宝岛的梦境总被一个人持续占据，那个人光着一双脚站在河堤上，长着一双黑黑亮亮的眼睛，眼睫毛像两排杉树在秋雨中抖动，他的脸色苍白透明，眼睛让雨水淋得粉红。

不再梦见那个少年的夜晚是多么香甜幸福的夜晚啊。

他惬意地裹紧了棉被，院子里三角梅的香味飘来，雨水滴答滴答。"我来这里做什么？我为什么会睡在这张床上？我什么时候离开合适呢？我再往哪里去？"他在睡着之前迷迷糊糊地问。这是过于重大的问题，珍宝岛无法回答自己，反正木槿花迟早要盛开。

第二天早上，客栈老板娘、名叫后的女人浓妆艳抹地来了，鲜红的劣质口红溢出唇形，全身披挂的民族服装将她干瘪的身子裹扎得像个稻草人。她将大门擂得轰轰响，木金花跳下床跑去开了门，结实地挨了一顿臭骂："死女子！乡下来的死女子，睡得像猪一样，雇佣你一个月八百块钱真是浪费，难怪生意不好，十几间房的客栈只住了五六个客人……不得了啦，要喝西北风啦，不得了啦。"

"我不是乡下人,我妈就是从这古城嫁到金沙江边去的,所以我也是城里人。"

"你爹是乡下人,所以你就是乡下人!"

老板娘后的嗓门大得出奇,头上烫着一丝不苟的黑色波浪小卷,眉毛画成两道颜体的偏旁,尾巴极细,起笔却粗如顿首,脸上布满与实际年龄不相称的沟壑与沙砾,星星点点的雀斑像黄昏时刻降落的鸦群。她不美得泰然自若,叫骂着,忽又旋风般走了,赶着去城门口给游客表演节目赚外快。

珍宝岛住进来的第三天中午,客栈里的房客已相互介绍,彼此熟识得亲如一家,纷纷在院子里说说笑笑,交换刚买回来的零食。木金花在庭院中给大家表演了一段当地摩西人的民族舞蹈,一对四川来的老年夫妇兴致勃勃地表演了一段诗朗诵,爱穿白裙子的胡美美唱了一首流行歌曲,珍宝岛不停地说笑话,逗得大家笑得合不拢嘴。珍宝岛说:"晚饭我请客下馆子,同意参加的请举手。"

"好耶,全票通过。"胡美美放下手中的梳子,乐得直叫好。今天她精心打扮了一番,涂着绯红色寂寞的口红,在素淡的白裙子外面裹了一条波希米亚风格的披肩,披肩边缘结了长长的流苏,左手指夹着一支燃烧的香烟,她套近乎:"珍宝岛大哥好大方,打算请我们吃什么呀?"

"只要你想吃的,哥都请得起。"

"听说您是商人,那您的生意一定做得很好吧。"

"还行,我们做买卖的,最讲一个词,那就是道义,比如说了今儿干的活,就不能拖到明儿办,要是误了今儿的活,就坏了名声,下次生意就不上门。为啥呢?规定的时间内你不办就有人等着替你办了,活儿不等人,钱就进了人家的口袋。嗯,老妹儿怎么想到要一个人到夜黄城来呢?男朋友就不陪你吗,干吗不打个电话给你的男朋友叫他过来陪陪你嘛,让我看看老妹儿的眼光怎么样,兴许我还能帮你把把关。"

"我呀,还没有交男朋友,我还这么年轻,事业为重嘛,其实一直想过自由自在的生活,一个人游走于山水之间离大自然更近一些,让心灵得到净化。"

珍宝岛圆滑世故的周旋手段差点彻底破产,他心里说:你一个无业游民装丫的学问。脸上还拼命绷着和蔼温雅的笑容,说:"老妹儿是一个有学问的人,境界跟咱们就是不一样,哥是个粗人,只会做买卖,我得跟你多接触接触,熏陶一下我。"

胡美美不介意珍宝岛的心里在想什么,她在心里研究的是怎么从他身上搞到钱才好。

卖海棠果的老头

　　傍晚，正值大家在外面聚餐的时候，客栈又住进来一位背包旅客，一个红头发的女人，名字叫皮日休，穿得像钟馗，全身披披挂挂好奇怪，堆满了色彩。牛仔外套、丝绸红花的裤子下面配一双旅游鞋，还外罩三条长短不一的纱质裙子，军绿色的背包比哑巴的更大更沉。她要了一间没有厕所的房间，办完入住手续，放下背包就跑出去玩，手里拿着一张地图。

　　不过她逛街有些奇怪，不看风景，专门逛店铺。

　　什么也不买，就是一个劲儿地打听人家生意好不好，什么时候关门倒闭。不到一周时间，整条街的原住居民都知道有这么一个奇怪的姑娘想盘下一间店铺。她白天黑夜地晃悠，夜里住在木槿花客栈，住胡美美隔壁，刚开始两人从来不交谈，相互看对方不顺眼。

　　胡美美懒得理睬脑子不正常的人，穿得这么奇怪的人，脑子一定有问题，因为衣如其人，她偷偷跟珍宝岛这么说。在夜黄城旅游的绝大多数时间里，胡美美是在各种各样的酒吧度过的，她因为酒精过敏而滴酒不沾，却偏爱逗留在昏暗嘈杂的氛围里吸二手烟，买一瓶果汁独自一个人坐在角落里悄悄流泪，黑黑的长发披散下来，遮住她半张脸。夜里十点刚过，就到了酒吧劲歌热舞的时间，震耳欲聋的音乐把氛围嗨到最高点，她便像鱼儿一样游弋在拥挤的醉意朦胧的人群中，专偷现金、手机、皮夹子，有一次还摸到一块名牌手表。

　　光靠偷是过不上好日子的，还得做点小买卖。这个道理胡美美明白。

　　珍宝岛喜欢一个人闲逛，有几回在街上遇到同样闲荡的皮日休，瞅着这一头垂至屁股的血水瀑布般的红头发他心里就发毛，寻思这女的当初染这种扎眼的血红色头发的时候心里是咋想的呀，这是要斗牛哪，还是要当旗子用？还有她那一身古怪的衣裳，像刚从折子戏里窜出来，哎呀真真是让人见一回想揍一回。他心里怎么想是一回事，面儿上还是要热情地凑上前打招呼：嗨，干吗呢，去哪儿玩啊，又在找铺子啊，想倒腾点啥啊老妹？不过人家很客气地谢谢他的关心，转身就踩着高跟鞋走了，多层拖地大裙子扫来扫去，像狼摇晃它的大尾巴。

　　他独自一个人去大石桥边的酒家喝酒。

　　窗外雨如烟织，酒家的老板女儿名叫秀秀，是一位模样娇俏的本地姑娘。点完菜了，她拿着菜单并不急于离去，站在珍宝岛身边笑容可掬地套近乎："我认识你，大约是四年前，你来过几次我们店里吃饭,所以你算是我们的老主顾了——我让我妈妈给你额外开一瓶秘制青梅酒,算是送给你喝。"

珍宝岛吃惊得独有的一只眼珠都快蹦出眼眶了,好像看到了自己的鬼魂,他知道她认错人了,嘴里却呵呵直乐,夸秀秀会做生意:太会聊天啦。名叫秀秀的老板女儿不管他怎么想,乐颠颠地跑进里间,取出一瓶青梅酒搁在他面前。他不由自主地打了个寒战,窗外细雨霏霏,酒家的门口有人背着背篓叫卖兰花,雨烟沾在卖花者的头上身上,他裹着花的清味渐行渐远……卖草编蚂蚱的男人走在烟雨中,戴着口罩露出枯瘦的眼眶。游人在大石桥上伫立,夜黄的雨似乎一直没有停过。

吃完饭,珍宝岛撑着伞站在石桥上,世界是淡淡的青绿色,像一把浸在水里的青菜。河面上落满了合欢花和三角梅的花瓣,成群的绯红色的鱼儿闭上眼睛躲在花瓣下面一动不动。游人们一声不吭地站在屋檐下,像列队走过墓前的孩子。卖海棠果的老头又来了,脸上笑眯眯的,坐在桥边的石阶上絮絮叨叨说话,卖弄自己的好记性:"我见过你,你在四年前来过,是不是?四年前你是光头,有一眼斜绑着棕色眼罩,像只无头苍蝇在街头乱转……四年后你没什么变化,还是像只无头苍蝇在大街小巷瞎逛乱逛一气,这里见过你的人一定都忘不了,因为你是个独眼。"

他歪着头看海棠果,老头歪着头看着他。

"老头,海棠果多少钱一斤?"

他凑过去,拿起一颗干瘪的海棠果丢在嘴里,细细嚼了起来。

老头不应腔,吧嗒吧嗒抽烟,眯着眼儿端详:"你比四年前瘦了一点点,但是白了许多,光滑了许多。四年前你的脸上坑坑洼洼的,一个坑两个坑的,像出过天花。"

"海棠果有点酸,不过正好我喜欢吃酸点的,颜色也够红艳艳,看着就让人想吃,我还没有吃过比它更好吃的零食。"珍宝岛又丢了一颗在嘴里,吧唧着嘴,把脸凑过去大声问:"老——头,海棠果——多少钱一斤?!"

"你比四年前胖了。"

"我说老头,你有完没完,你到底做不做生意了?"

珍宝岛气得将嘴里的果核吐在地上:"老头,我用我家的祖坟来发誓,我这辈子就只到过一次夜黄,那就是现在。你们这个鬼地方永远在下雨,太阳没有了,身子成天湿漉漉的,我的裤裆、胳肢窝和脚板都长了绿毛。"

老头吧嗒吧嗒吸他的水烟,活像没听见。

"我到这儿只想散散心,你别他妈的来烦我好不好?"

老头拎着竹篮摇摇晃晃走了。

珍宝岛失魂落魄,远远跟在他的后面走,不依不饶地喊:"你到底有完没完?别他妈的来烦我好不好?……照你这么说,天底下的独眼就只有我一人吗?就不允许别的人也瞎了眼?这简直就是他妈的污蔑,你知道吗,这就是他妈的污蔑。"

老头不理他。

世上搞钱
就没有斯文这回事

"你知道睡一个安稳觉对健康多么重要吗？"

黄昏，夜黄古镇的客栈房间里，珍宝岛一边咀嚼甜油面粑粑，一边瞪着一只眼珠对坐在窗边的胡美美说。今晚她破例来他的房间喝茶，坐在椅子上眼睛却不看他，看窗外梅树，手里的茶杯摆弄来摆弄去，水没喝几口，洒了不少在白裙子上。

胡美美下一站在哪里，她还不知道。

她想做点小生意，最好留在这里不走了，不过手里没有本钱，不知道该怎么办。近来，胡美美与红头发的女人的交情有了很大的进步，忘了不久前彼此翻过的白眼，一起逛街、拍照，甚至结伴游玩了附近的风景区。红头发的女人名叫皮日休，想盘下七一街23号商铺开服装设计工作室，如何对付难缠的瘸子房东，她没少来找胡美美讨主意。夜里，大家一起爬到狮子山上坐在星光下唱歌，主要是听珍宝岛唱。珍宝岛说他心里有无数的故事，需要用歌的方式唱出来，唱出来心里才舒坦。为了配得起这样美好的夜晚，他特意准备了五首歌曲欢迎大家点歌，不点不行，不点就是不够朋友，就是辜负了大哥这些天请客吃饭的好意。《驿动的心》《把根留住》《吻别》《伤心太平洋》《忘情水》，点哪首就唱哪首，他能够把每一首都唱得像驴叫。

胡美美发现这个独眼的男人很有意思，打牌故意输给大家，动不动就请客吃夜宵，就跟他熟络起来，大事小事来问他的主意。其实她的大事小事加起来只有一件事：怎么才能斯文地搞到钱？

这是他回答不了的问题。

"世上搞钱就没有斯文这回事儿。"珍宝岛笑得合不上嘴。

房间里，珍宝岛吃完油面粑粑，忽然有说不完的话，他仿佛变成了话痨，而不管人家爱不爱听，嘴里说："我最讨厌失眠了，尤其在冬天的时候失眠，窗外北风呜呜刮着玻璃窗，像是狼的舌头在舔人的脸。我在城市里不敢待，乡下又待不惯，小城小镇就最舒服，谁也不认识谁，谁也不知道谁的底细，多好，多自在，啧啧，我看简直是人生的大自在……"无论他怎么絮叨，她也不开口，只顾低头弄头发，把发梢绞在手指上缠来绕去。

他起身找了一条毛巾擦干净油乎乎的嘴和手，又咕噜咕噜喝了几口水，这才拉上窗帘，以迅雷不及掩耳之势抱起胡美美就扔到了床上。胡美美惊慌失措，来不及喊叫就被麻利地剥掉了鞋子和衣服，他像骑一头毛驴一样骑在她身上，让她度过了生平最愉快的一个晚上。

又是黄昏。

客栈的庭院被雨水洗得亮晶晶绿和槐花般苍白，木槿树满树累累垂垂的粉白花苞待放。没有新的客人住进来。珍宝岛站在楼上探花的房间门口给胡美美、红头发的女人讲鬼故事，三个人推推搡搡、嬉笑打闹，相互吓唬对方。珍宝岛说听见房间里有人喊"救命"。庭院走廊的角落里，电视里正上演一集青春偶像剧，木金花看得嘿嘿笑，从电视屏幕上移开眼睛，笑嘻嘻地说："一点也不稀奇啊，那个房间本来就是这样子，老板娘说她小时候就听见过。我也听了好几次，声音细细的，不仔细听还听不到呢……开始有点怕，时间长了也无所谓了，照旧吃饭睡觉，该干吗还是干吗去，不碍事的。"

"不影响客栈的生意吗？"胡美美问。

"老板娘说了，这好歹也算是本客栈一大特色。"

夜色渐浓，光芒逐渐退隐，黑暗汹涌而现，细雨中三百年前的木槿树在走廊的灯火掩映下若实若虚，花骨朵密实结了一片，碗口大的兰花龇着牙，花瓣舒展开来，作势要长得更大。珍宝岛在兰花怒放的浓香里呆呆站立，在夜黄的客栈住了快一个月，还从未认真看过夜色下它的真容。

回房睡觉，经过胡美美身边的时候，他低声说："明早木槿花开了,我也就该走了。"

他希望胡美美回应,说你不要走,或者说带我一起走吧,然后他再狠心拒绝她,不准她哭闹,劝她要有离散的坚强。但是她没有,她的身子僵在那里。珍宝岛穿过长长的回廊来到房间门口,正欲推开房门那一刻,他又一次听到声音。这一次,大家都听到了,像小虫轻轻拨开泥土发出的声音。声音不是来自客栈外面,也不是来自客栈的任何房间,就这么兀自从心底下冒出来,在他们耳边轻轻地喊:"救命。"

离散

这天夜里，珍宝岛如婴孩般沉沉睡去。他感到被窝特别温暖，睡眠质量真的越来越好了。在梦里，他听到了院子里的木槿树满树的花骨朵噼噼啪啪打开的声音。

☾

创作谈

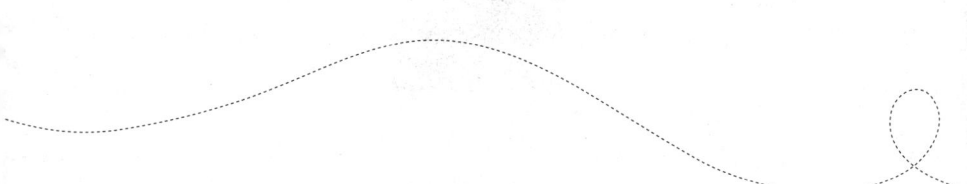

张书林

女,服装设计师、
老绣收藏家、
成都作家,
曾出版《寻绣记》,
《疯狂的老绣》正在出版中。

故事中的来历不明
——张书林

《白日梦》完稿那一年,我离开了小说中似实似虚的夜黄城,去了遥远的北京。那个被我涂上雾蒙蒙细雨色彩,像一只泡在雨水中的大虾的小城,那些熟悉而亲切的人们、街道、天空,渐渐被扔回记忆的深海。月转星移,花开花落,万物各自枯荣,而我从此再也没有真正意义上的回到那里的生活。偶尔回去打理过去遗留下来的小营生,也是匆匆而过,不再深入地观望。我的职业往复杂里说是服装设计师,也可简称裁缝,每日面对堆积如山的面料、辅料、花边、纽扣,思索如何协助女人们经营好皮囊。你看,生活就是这样矛盾,我越需要关注人的外在才能赖以生存,越是把目光投向那些华丽裙衫包裹下的人的命运与灵魂。

夜黄城当然是不存在的。

却又是存在的。

小说里的夜黄城的太阳丢失了很多年,月亮不分白天黑夜地挂在天空,白天月光森森白,晚上月光白森森。花儿永远在枝头，树叶永远绿油油，没有了季节交替，模糊了时间的边际。人们在月光下生活，失去了时间的重量。在恒温不变的气候里晕头晕脑地生活，胃口却一天比一天好起来，见什么都吃，吃什么都香，家家餐馆门前车水马龙。这当然是虚构。在我们真实的世界里，太阳的光芒没有遗漏任何一个城市与村庄，不用担心它不要你了。在小说里，我做了一个反转的设计，把艳阳置换为月光，慵懒却是无二致的。

在我有限的人生经验里，任你在中国哪一个城市，很难找到夜黄城故事原型地的这般松散感，每天睡到日头烤屁股，依旧是翻个身子再睡。起床早，倒是奇怪了，除非你打算赶飞机赶火车。不然的话，你一个人站在空落落的街上，只有蓝天白云和紧闭大门的商铺陪着你，是不是很奇怪？人流要从中午开始涌现，艳阳升起，石板路发着亮晶晶的光，人们开始在街上漫无目的地游荡，像一群失去信念的鲑鱼，搁浅在陌生而甜蜜的河道，不回老家产卵了。

过去我是不乐意这样生活的，很不乐意。你倒是可以想象——从平静而安乐的梦里醒来，脸都不用洗的，起来牵着狗出去逛荡，你在大石桥上吃早点，啃一个裹着辣子的油粑，香香的。你的狗可以去桥下拉屎，一会儿就会摇着尾巴跑来找你。微风轻轻拂面，粉白色的花儿压弯枝条累累垂垂坠入河流，白云朵朵，时光缓慢得像个陷阱。

快活倒是快活，只是觉得哪儿不对。

人们来到这个城市就放松下来，在街上晃荡着，到处串门找人喝酒聊天，一窝一窝地出现在三角梅丛中、酒吧或雪山脚下谈人生，熟到可以分享最隐秘的爱与痛。可是过一阵子后这个人却突然消失了，连招呼都不打，他们可能转移到另外一个地方，换了新名字、新的身份设定，有可能跑到泰国去娶妻生子，或者在大理街头摆摊卖草鞋。世界没有不透风的墙，又过了几年，你发现他其实是一个熟练的有证书的二级钳工。当你还在求证自己的质疑与猜测时，他们突然又去西藏实打实地做义工去了，晒得皮肤开裂。让人很难界定他们的身份和真假，以及自述经历中的虚实。我想，这些来历不明的人是生活的体验派，辗转在很多地方，给自己捏造了一个又一个并不存在的身份、无法自证的传奇经历，他们最初的起心动念可能并没有想获得什么，就是过过瘾，在一个全新的时间、空间里按理想中的模样儿去活。流连于景致绮丽的夜黄或类似夜黄的城镇，这些擅长按生活的删除键、快进键的家伙一个个可不是省油的灯，岁月未曾饶过他们，他们又何曾饶过岁月。

反正，横竖觉得不对劲，它让你温柔地走进那个良夜，最后夺走你所有的意志。

所以我写完《白日梦》小说后就赶紧离开了。天知道我没有瞎编，真有这么一个奇异的世界，他们自成一套逻辑，活得很欢实，用力向外散发生命所有的可能性：不断寻找出路的梨花，挣扎着想活得体面的胡美美，跟房东拉锯谈判的皮日休，笑嘻嘻的巴五和他瘦小干巴的弟弟、变成了鱼儿的父亲母亲，卖蚂蚱的知识分子，两个孤独的独眼人……他们无处不在，活在我们的心房。他们可能就是我们，一群活在逻辑之外的小人物，无可救药，又无处可逃，自己还很欢乐。你不写出来就不知道悲哀在哪里。

　　罗不不一定是知道这一点，所以她索性一枪崩碎自己的脑袋，也不要让你们知道她有多绝望。

　　无论我愿不愿意，在我过去的经历里，总有人走过来跟我讲故事。起先我觉得这是一个有趣的现象，人们并不介意跟陌生人吐露心声，讲他们一生走过的路、难忘的人，起了话头就拦不住了，听不听由不得你。故事一旦生出了脉络，它自己就会像一匹野马，想上哪逛荡就上哪逛荡，踏入不可思议的吊诡之旅。总在你以为峰回路转的时候戛然而止，在你以为绵长深情的时候急转直下。后来我发现相当多的故事具有重叠性，相似的结构不断出现，索性同一个故事由两三个完全不相干的人在不同时期对我分别讲述，连人物名字都不带换，每个人都自称这是自己的亲身经历。

　　故事听得多了就伤胃，肯定是这样。

在《白日梦》书中，91就是那个跟梨花讲故事的人，他用对手的身份讲述自己过去的事。可怕的是他在故事中对自己后来真实的生活完全隐藏了。在护城河的夜雨之后、不断回望追溯的黑暗回忆里，他从当年的纯真少年成长成一个心机深沉的江湖人，珍宝岛的生平点滴被他记得滚瓜烂熟，揣测或者跟踪他后来的生活，并且找到成年后的珍宝岛，挖了他的右眼作为复仇。玉并不值钱，拿回玉仅仅是一种仪式，象征失去的东西又回来了。事实上大家都明白，昨日已往矣，人不复少年，失去的情谊已经永远遗落在戈壁滩上，遗落在护城河边的夜雨里。

而在书中"小裁缝"章节里，毛呢男人是一个人格非常复杂的人，他讲的故事真真假假，说的都是他自己，或者是臆想中的自己。他自称是早年发迹的高端人士，曾在一个县城的酒店门口遇到被保安驱赶的乡下年轻妇女。那个女人就是春香和梨花的妈妈杨小红。那时候的杨小红还很年轻，丝毫不粗鄙泼辣，幼女生病无钱医治，她从乡下到县城来找在酒店当厨子的丈夫要医药费。

而毛呢男人就是那个厨子。

他在对小裁缝讲这个故事时有着怅然的情绪。活埋音乐老师之后，天知道他后来在漫长的游荡中换过多少身份。小裁缝对往事的讲述却是真实的，悲情与命运的隐喻却早已埋下伏笔，如同她养的小黑猫"小裁缝"有一天再也没有回来了。

我因此揣测过一个问题：一个人如果有了满身故事，就像一株圣诞树挂满了铃铛、灯泡、礼物盒。那么，他以后对人讲故事的时候到底有多少真实的成分？不可能一点没有吧，除了真实的情绪与见闻，必然有本人经历中的细枝末节，只是做了巧妙的嫁接、伸扩延展。如何从讲述中避开障眼法、剥离附着物，绕开虚假表象窥见其真实的内核，则是一个技术活。

像蚂蚱先生这种自绝于庙堂、隐遁于民间的知识分子就不同了，他换了一个活法：通过编蚂蚱自食其力，"吃多少，编多少"，决不多编一只。已经不需要自己开口讲故事了，别人自动会为他编层出不穷的说法，赋予他多重的相互矛盾的身世、经历，反而让他真实的面目更难探寻。

"皮日休"这个篇章中，瘸子何是光作为一个被忽视的人，渴望得到关注与爱，哪怕打牌输了钱被追债，在他看来也是宝贵的收获。"因为他知道如果希望被人长久地惦记，赖账才是最好的捷径，这才是爱。"作为一个被时代遗忘的人，何是光没什么文化，却勤于思考，做着爱情的梦。他面对送上门来想租铺子的城里女人，绞尽脑汁想怎样才能把对方套进来，绕来绕去，绕去绕来，最后摊牌，希望以一个月500块的价格包养野心勃勃的女艺术家。

皮日休，作为书中追梦人的设定，从天真到幻灭只是一瞬间。就像知识分子蚂蚱先生理想幻灭选择隐遁于民间，自以为能获得抚慰和安宁，却没想到在优美如斯的月光城也能被晒黑，被时间打造成一个无赖与乞丐。与皮日休过招的岂止是一个痴心妄想的瘸子，还有坚硬的远方。

　　时间这头怪兽吞噬我们的时候是不打招呼的呀，杨小红并非一开始就是一个泼妇，春香也不是一生下来就在树梢上。世上哪有诗意隐遁这回事，世人皆苦，逃无所逃，遁无所遁。如果想要体面，再优美的月光城，也是你我的修罗战场。

　　　　　　　　　　2020 年 10 月 5 日写于成都

图书在版编目（CIP）数据

白日梦 / 张书林著. -- 成都 : 成都时代出版社，
2020.11
　ISBN 978-7-5464-2700-3

　Ⅰ.①白… Ⅱ.①张… Ⅲ.①长篇小说－中国－当代
Ⅳ.①I247.5

中国版本图书馆CIP数据核字(2020)第208975号

白日梦 Bairimeng
张书林　著

出 品 人	李若锋
责任编辑	龚爱萍 庞惊涛
审　　定	马平
责任校对	程艳艳
责任印制	张露
书籍设计	好天气工作室
插　　画	娟娃

出版发行	成都时代出版社
电　　话	(028) 86742352（编辑部）
	(028) 86615250（发行部）
网　　址	www.chengdusd.com
印　　刷	成都市金雅迪彩色印刷有限公司
规　　格	140mm × 210mm
印　　张	9.75
字　　数	185千
版　　次	2020年11月第1版
印　　次	2020年11月第1次印刷
书　　号	ISBN 978-7-5464-2700-3
定　　价	68.00元

时代新锐

上架建议：文学·小说
ISBN 978-7-5464-2700-3

定价：68.00元